Sabine Grimm

Gefährliche Burggeschichten

zum Vor- und Selbstlesen

Kinder, hört Euch Märchen an,

es ist mehr als ein Funke

Wahrheit dran.

Herstellung und Verlag:
BoD - Books on Demand, Norderstedt

ISBN 9783735777638
Illustrationen s/w und farbig

Copyright (2014)
Alle Rechte beim Autor
Cover by Sabine Grimm

Vorwort

Liebe kleine und große Märchenfreunde!

Die Märchenfiguren, die Euch in diesem Buch begegnen, sind bei der Rauschenburg in Olfen, im Münsterland, zu Hause. Märchenhafte Prinzessinnen, tapfere Prinzen, mutige Ritter, ein Drache und andere phantastische Märchenfiguren, werden um die schon viele Jahrhunderte wildromantisch, wie verwunschen daliegende, Schlossruine lebendig. Das lange Zeit leer stehende und im Dornröschenschlaf befindliche Schloss mit seiner bewegten Geschichte als prächtige Residenz für manchen Adeligen, bot durch Lage, Architektur und Historie genau die Kulisse für den Schauplatz, an dem ein Drache die Prinzessin entführte.

Wie fast alle alten Burgen und mittelalterliche Ruinen, ist auch die Rauschenburg an der Lippe ein sichtbares Zeugnis vergangener Epochen mit historischer Bedeutung.

Die Römer waren in der Zeit von 11 bis 7 vor Christus im heutigen Olfen unterwegs und kontrollierten den Flussübergang über den Lippefluss, eine wichtige logistische Landmarke der römischen Eroberer, deren Schutz die Rauschenburg seit ihres Bestehens mit übernahm. Seit dem Hochmittelalter bis in die Neuzeit gehörte die im 11. Jh. erstmals erwähnte Rauschenburg zum Hochstift Münster und befand sich im sog. Hexenkessel des westfälischen Vierländerecks, in dem die Interessen von vier Landesherren aufeinanderprallten, die der Bischöfe von Münster, der Grafen von der Mark, der Grafen von Dortmund und der Bischöfe von Köln, die über das Vest Recklinghausen herrschten.

Im 14. Jh. n. Chr. war der Bischof von Münster in die Grafschaft Mark eingefallen und fügte der märkischen Umgebung durch Plünderungen und Brandschatzungen sehr großen Schaden zu. Die Angreifer wurden von den märkischen Rittern zurückgetrieben und bei der Rauschenburg an der Lippe geschlagen. Ritter führten damals ein sehr stressiges Leben. Immer wieder kam es zu heftigen Unruhen. Auch im 16. Jh. ließ eine

Fehde die Gegend um die Rauschenburg zum Schauplatz feindlicher Zusammenstöße werden und den Boden um die Burg erzittern.

Auf diesem historischen Fleckchen Erde, wo einst die Ritter von der Rauschenburg herrschten, hat man heute die Möglichkeit, sich eine gemütliche Kaffeepause mit einem frischen Stück Kuchen zu gönnen, im Hofladen der Familie Tenkhoff, die schon seit Generationen an der Rauschenburg beheimatet ist. Heute steht die Rauschenburg nicht mehr für Ritterkriege, sondern für Spargel und Erdbeeren. Ihr Name ist jetzt mit dem beliebten, dort angebauten Rauschenburger Spargel und den Rauschenburger Erdbeeren verbunden. In den ehemaligen Wirtschaftsgebäuden der Burg befindet sich der Spargelhof Tenkhoff. Während der Spargelzeit hat man im dortigen Hofladen die Möglichkeit, sich neben umfassendem Gemüse, Brot, Eiern und Wurstwaren, täglich auch mit leckerem, frischem Spargel, und während der Erntezeit mit frischen, fruchtigen Erdbeeren einzudecken. Es gibt dort alles, was zum Einkaufen auf dem Bauernhof dazu gehört. Auch ein guter Tropfen Wein wäre nicht zu verachten, der dort zum Genuss erworben werden kann. Wenn der Spargel wächst und als erster kulinarischer Frühlingsgruß von den Feldern rund um die Rauschenburg geerntet wird, lädt Stefanie Tenkhoff zum beliebten Spargel-Event in ganz besonderem Flair ein. Denn dann heißt es wieder: Gala-Dinner und Spargel-Buffet an verschiedenen Tagen, zu dem auch die frisch geernteten Rauschenburger Erdbeeren u. a. für die Dessert-Variationen gereicht werden. Infos und Karten gibt es zur eröffneten Spargelzeit im Hofladen Tenkhoff.

Was aber geschieht, wenn die Phantasie von Zeit zu Zeit in geheimnisvollen Bildern durch längst vergangene Welten erhabener Orte streift, und wenn alte Schlösser und Burgen uns ferne, unbekannte Zeiten und phantastische Persönlichkeiten offenbaren?

Die Rauschenburg ist einer dieser magischen Orte. Man muss nur ganz genau hinschauen, dem Wind lauschen und dabei seiner Phantasie freien Lauf lassen.

Rauschenburg

Menschenjagd

Der einstige Hexenkessel des Westfälischen Vierländerecks war im Mittelalter durch zahlreiche Territorialfehden, die immer wieder zu Zerstörungen führten, geprägt. Es waren die Grafen von Dortmund, die Grafen von der Mark, die Bischöfe von Münster und die Erzbischöfe von Köln, deren unterschiedliche Interessen dort aufeinanderstießen. Denn ihre Herrschaftsgebiete lagen dicht beieinander. Keiner wollte Land abgeben, jedoch durch Kampf dazu gewinnen. Die Menschen führten damals ein sehr stressiges Leben, und besonders schwer hatten es die Ritter, denn sie folgten ihrem Herrn in den Krieg. Als sich die politischen Verhältnisse allmählich entspannt hatten, ging es nicht mehr um Sein oder Nichtsein der einzelnen Territorialherren, die ihre eigene Weltherrschaft aufbauen wollten. Man hatte sich mittlerweile etabliert. Die Landesherren dieser Länder schützten ihre Grenzen jedoch weiterhin vor Eindringlingen und legten großen Wert auf die Einhaltung der Grenzlinien.

Alles, was nicht in den Rahmen der mittelalterlichen Gesetze passte, wurde scharf überprüft und hart bestraft. Das Leben der Menschen in diesen nahe beieinanderliegenden Ländern, mit teilweise gemeinsamen Landesgrenzen, gestaltete sich durch die politisch entgegengesetzten Auffassungen ihrer Landesherren sehr unterschiedlich. Dies zeigte sich besonders zur Zeit der Hexenverfolgungen im 15. und 16. Jahrhundert, bis in die frühe Neuzeit hinein. Abertausende von Menschen wurden hingerichtet und bei lebendigem Leibe auf dem Scheiterhaufen verbrannt. Wenn manche Opfer bereits vor der Verbrennung erdrosselt wurden, galt dies als Gnadenbeweis. Menschen wurden gejagt, um von der Norm abweichendes Aussehen oder Verhalten zu ahnden. Vor allem Frauen verfolgte man damals aufgrund zweifelhafter Verdächtigungen und ermordete sie. Eine Hexe war eine Zauberin, die sich in den Augen der Ankläger vom Teufel verführen ließ, um sich gegen Gott und seine Herde zu erheben und zum Schaden anderer Personen Zauberei zu betreiben. Doch auch Männer verfolgte man als Hexer und Zauberer. Einen Mann verurteilte man in Ahlen, da er in der Gegend angeblich als Werwolf sein Unwesen getrieben haben sollte.

Die Menschen waren vom Aberglauben geplagt und es wurden zahlreiche auf diesem irrigen Glauben beruhende Urteile gesprochen. Wie zu jeder Zeit war es auch damals sehr einfach, den Stab über einen Unschuldigen zu brechen, weil man grundlose und vorgeschobene Urteile fällte. So wurde in Recklinghausen die erste Hexe verbrannt, weil sie einen kalten Winter gemacht hatte. Elf Frauen verurteilte man, weil sie angeblich Sturm und den kalten Winter gemacht hatten. Auch sie ließ man im Feuer sterben.

Besonders im Vest Recklinghausen, in Rellinghausen, Dortmund, Witten und Essen wurden Zaubereiprozesse durchgeführt. Hier nahmen die Mächtigen bereits kleinste von Haltlosigkeit geprägte Verdächtigungen ernst und ließen die Folter darauf folgen. Dadurch entstand bei den ohnehin abergläubischen Menschen ein Klima, in dem Anderes und Außergewöhnliches sofort Verdacht erregte, verraten und geahndet wurde. Ein Hexenprozess begann mit der Denunziation. Dies war nicht selten die Anzeige eines neidischen, böswilligen Nachbarn. Es kam auch vor, dass bereits Angeklagte, die durch die Schmerzen wahnsinnig wurden, während der Folter andere Personen als Mitschuldige denunzierten. Denn durch ihre Preisgabe erhofften sie sich Erleichterung von den ihnen zugefügten Qualen und Schmerzen. Sie zählten auf die Belohnung des Schinders, mit der Folter aufzuhören, als Entgegenkommen für ihren Verrat.

Die Mächtigen einer Stadt waren mit ihrem Verhalten dazu in der Lage, eine Hexenjagd zu entfachen, oder sie zu mäßigen und zu vermeiden. Bewohner unterschiedlicher Landgebiete wurden daher vor Gericht abweichend behandelt. Doch fast überall lebten die Menschen in Unsicherheit und Schrecken, immer der Angst ins Auge sehend. Niemand konnte vor den Hexenjägern sicher sein.

Nur die Gemeinden, die der richterlichen Gewalt der Grafschaft Mark unterstanden, zählten zu den Gebieten, wo kaum Hexenverfolgungen stattfanden. Ein gutes Beispiel dafür wäre, die märkische Stadt Lünen, die an der Grenze Dortmunds und nahe dem Vest Recklinghausen lag, also angrenzend an die Gebiete, wo der Verfolgungshorror durchgeführt wurde. In Lünen befand sich die Buddenburg am Lippefluss, ein ehemaliger Stützpunkt der Grafen von der Mark. Etwa ein Dreiviertel Kilometer von der Buddenburg entfernt stand in Waltrop die Wasserburg Wilbringen, die im Vest Recklinghausen früherer Stützpunkt der Erzbischöfe von Köln war. Nur ein symbolischer Steinwurf trennte also damals die Menschen vom Leben in den Tod.

Gregor war in Recklinghausen ins Kreuzfeuer der Hexenjäger geraten. Seine Haare waren rot, wie das Fell eines Fuchses. Daher unterschied er sich von der breiten Masse. Manche hatten ihm sogar den Spitznamen *Feuerfuchs* gegeben. Das machte ihn zum Gejagten. Wochenlang hatte man ihn gehetzt, dann festgenommen und in ein feuchtes Loch geworfen, in dem er nun sein Leben fristete, den nahenden Tod vor Augen. So saß er nun im feuchtkalten Turmkerker der Stadtmauer bei Wasser und Brot. Die Folterknechte waren nicht weit. Mit ihm warteten noch sieben andere Männer auf ihre Verurteilung.

Gregor nahm sich fest vor, alles zu versuchen, um zu fliehen. Er hatte von einem Gefangenen erfahren, der wie er der Hexerei angeklagt, und in Recklinghausen bereits zur Hinrichtung verurteilt war. Ihm gelang die Flucht aus der Haft. Er hatte es geschafft, bis nach Haltern zu gelangen. Dort stellte man ihn, nahm in fest und überstellte ihn dem Gericht in Münster. Hier wurde er freigesprochen. Deshalb lieferte man ihn nicht ins Vest Recklinghausen aus, und somit war er den Hexenjägern entronnen.

Dieses Glück wünschte sich Gregor auch für sich. Er wusste wohl, dass in Recklinghausen besondere Scharfmacher an der Macht waren, und doch hoffte er auf sein Glück. Irgendwie musste er es einfach schaffen, zu entkommen. Doch es war eigentlich unvorstellbar, dem Kerker zu entfliehen. Die Tür öffnete sich nur, wenn die Hexenjäger sie von außen aufschlossen, um wieder einen von den armen Teufeln, wie er einer war, zur Folterung oder zum Richtplatz zu holen, oder neue Verurteilte zu bringen.

Die Folterknechte hatten ganze Arbeit geleistet. Nach der Schinderei, von starken Schmerzen geplagt, kauerte Gregor zitternd auf dem nackten Boden seines Gefängnisses. Was geschah mit ihm? Warum nur quälte man ihn so sehr? Verzweifelt und hilflos stellte er sich immer dieselben Fragen, ohne eine Antwort zu erfahren. Aus der Zeit kann niemand fliehen, und so blieb auch Gregor nichts anderes übrig, als auf seine bald bevorstehende Hinrichtung zu warten. Die Hoffnung auf eine glückliche Flucht hatte ihn schon längst verlassen.

Es war früh morgens, die Kirchenglocken schlugen sieben Uhr. Der Hexerei angeklagt, schmachtete Gregor nun schon drei Monate im Gefängnisturm. Die Fesseln schnitten in seine schmerzende Haut und die schweren Ketten, die ihn an die Steinmauer fixierten, hatten ihm längst jegliches Gefühl aus seinen Gliedern genommen. Gregor konnte nicht erkennen, ob seine Mitgefangenen noch schliefen oder schon aufgewacht waren. Apathisch starrte er gegen die Decke. Ihm kam alles schrecklich sinnlos vor, und er fühlte sich furchtbar einsam. Sein Körper war so schwach, dass er bereit war zu sterben. Auf einmal wurde es laut auf dem Gang vor seinem Gefängnis. Schwere Schritte nahten, Schlüssel klirrten, und mehrere Wärter stießen die schwere, eisenbeschlagene Holztür auf. Sie nahmen ihm und drei Mitgefangenen die Fußfesseln ab und holten die Männer aus dem dunklen Loch heraus. An den Händen gefesselt wurden sie vor die Stadtmauer, und von dort aus auf den Berg zur Hinrichtungsstätte geführt. Kühl graute der Morgen. Auf dem Richtplatz waren bereits zwei große Scheiterhaufen aufgeschichtet. Der zweite Scheiterhaufen war für vier Frauen hergerichtet worden, die man soeben nacheinander gefesselt hinaufführte. Gregor hörte sie aus Angst und Verzweiflung schreien und weinen. Eine junge Frau, die wie er rote Haare hatte, zeigte scheinbar keine Regung und stieg still, den Kopf leicht nach unten geneigt, die Holzstufen hinauf, um ihr schreckliches Schicksal demütig anzunehmen. Nur wenige Menschen nutzten die frühe Morgenstunde, um der Vollstreckung zuzusehen, und standen etwas abseits. Jetzt führten die Henker die ersten drei männlichen Gefangenen auf das Holzplateau des

Scheiterhaufens hinauf. Gregor war noch nicht dabei. Panische Angst, die man riechen konnte, lag in der Luft. Dann war auch er an der Reihe und sie führten auch ihn auf den Tötungsplatz.

„Rauf auf den Sockel", forderte der Gehilfe des Henkers Gregor auf. Los, rauf mit dir, und bleib still da stehen, damit ich deine Füße festbinden kann!" Gregor verspürte den quälenden Impuls, weglaufen zu wollen, dem er nicht nachkommen konnte, denn der Henkersgehilfe hielt ihn am Fesselband. Seine ermüdeten Beine folgten dem Befehl, den ihnen sein Gehirnkasten unter dem äußeren Zwang des Peinigers geben musste. Er stieg die Holzstufen hinauf und gelangte auf die Hochfläche, auf der die anderen Gefangenen schon angebunden standen. Das Feuer war an einer Seite bereits angezündet, und die Flammen züngelten schon nach den Kleidern der Gefesselten. Der Henkersgehilfe wollte Gregor gerade an den Pfahl binden und griff nach seinen gefesselten Händen. Plötzlich rief eine schrille Frauenstimme angsterfüllt: „Die schwarze Pest! Die schwarze Pest! Rette sich wer kann!"

Die Pestknechte zogen den Pestknarren, auf den sie an der Pest verstorbene Menschen geladen hatten, durch die Gassen, um sie zu den Pestgruben vor der Stadtmauer zu bringen. Gerade in diesem Moment kamen sie an der Hinrichtungsstelle vorbei. Die Umherstehenden rannten panisch auseinander und davon. Sie wussten, dass die Krankheit ansteckend zu sein schien. Auch die Henker erschraken und ließen von ihren Opfern ab.

Gregor, dessen Füße noch ohne Fesseln waren und der noch nicht angebunden war, nutzte diesen Moment der Unaufmerksamkeit, und es gelang ihm, aus der Hölle zu fliehen. Seine Hände waren gefesselt, doch in seinem geschwächten Körper setzten sich ungeahnte Kräfte frei, die ihn immer schneller laufen ließen. Gregor rannte um sein Leben. Irgendwann sah er sich um und bemerkte, dass er offenbar nicht verfolgt wurde. Hoffnungsvoll beschloss er, in Richtung Münster zu fliehen, vor dessen Gericht schon einmal ein, von den Henkern des Vests Verurteilter, Gnade gefunden hatte und freigesprochen wurde.

Gregor war auf der Flucht. Nachts schlief er in Höhlen und tagsüber schlug er sich durch das Vest Recklinghausen. Meistens hielt er sich in Wäldern auf, weil er sich dort unbeobachteter fühlte. Seine Haarfarbe hielt er unter einem Tuch, das er einer Wäscheleine entwendete, verborgen. Er ahnte, dass er wie ein Bettler aussehen musste. Gregor konnte nicht begreifen, warum man ihn wegen seiner Haarfarbe jagte. Gott hatte ihn doch so geschaffen, wie er nun einmal war. Warum sollte die Vielfalt der Schöpfung eine Sünde sein? Doch die Kirche verteufelte rote Haare, verband sie mit angeblich von ihnen ausgehendem Schaden und sah sie als Strafe und Verhängnis an. Niemals hatte Gregor sich etwas zuschulden kommen lassen. Vielleicht stand ihm deshalb das Glück zur Seite, der Hölle entkommen zu sein, glaubte er. Weil er sich die meiste Zeit durch dichte Wälder schlug, war er sich seiner Orientierung nicht sicher bewusst. Er meinte, schon eine ganze Weile in Richtung Münster unterwegs zu sein. Völlig überrascht stand er vor einem Gewässer, und eine gewaltige Festungsanlage lag vor ihm. Mit Schrecken erkannte Gregor die Festung.

Es war die Horneburg, Sitz des vestischen Kriminalgerichts und des Gefängnisses.

Er erschrak tief, denn er wusste, dass auch in der Horneburg regelmäßig Hexenprozesse abgehalten wurden. Sechs schwarzbehütete und schwarzgekleidete Männer mit schneeweißen Krägen schritten durch das Burgtor und kamen auf ihn zu. Angsterfüllt duckte Gregor sich noch tiefer hinter die Hecke, wo er sich befand. Er beobachtete die Männer und erkannte in einem von ihnen den mächtigen Statthalter und Stadtrichter des Vests Recklinghausen.

Dieser war auch ein gefürchteter Hexenverfolger, der mit dem Scharfrichter von Essen schon zahlreiche, grausame Hexenurteile vollstreckt hatte. Vor Angst wie gelähmt, kaum atmend, damit man ihn nur ja nicht hören konnte und entdeckte, sah Gregor den Männern, die ihn nicht bemerkt hatten und eine Kutsche bestiegen, nach, bis sie seinem Blick entschwunden waren. Er fühlte sich wie betäubt und atmete ein paarmal tief ein und aus. Dann suchte er schnell Schutz im Wald und rannte wieder einmal um sein Leben.

Gregor war schon stundenlang im Wald unterwegs und fühlte sich nun völlig orientierungslos. Endlich lichtete sich der Wald, und vor ihm lag eine mächtige Zinnenburg, die er nicht kannte.

Gregor blieb in Deckung und beobachtete, dass eine Kutsche durch das Burgtor gefahren kam. Mit lautem Klappern rollten die Räder über das Kopfsteinpflaster und an dem Baum vorbei, hinter dem er sich versteckt hielt. Er erschauderte und glaubte seinen Augen nicht zu trauen. In der Kutsche saß der Hexenjäger und Stadthalter, den er zuletzt noch aus der Horneburg herauskommen sah. Was hatte der denn jetzt hier zu schaffen, fragte sich Gregor verunsichert. Er wusste nicht, dass diese stattliche Zinnenburg die alte Raubritterburg Wilbringen, der ehemalige Festungsstützpunkt der Erzbischöfe von Köln, und mittlerweile die heimische Residenz des gefürchteten Hexenjägers war.

Gregor hatte noch einmal Glück. Niemand bemerkte ihn, und die Kutsche entfernte sich. Angestrengt überlegte er, welche Wegrichtung nach Münster einzuschlagen sei, um endlich dieser Gefahrenzone zu entkommen. Es war ein warmer Tag. Der Schweiß trat Gregor aus den Poren. Er wanderte noch eine ganze Weile durch den schützenden Wald, bis es Abend wurde und die Dunkelheit eintrat. Also suchte er sich unter dem Obdach eines umgestürzten Baumes ein kühles Erdloch als Nachtlager. Hier fühlte er sich endlich ein bisschen sicher und blickte ungestört durch die krönenden Baumwipfel hindurch, in den klaren Sternenhimmel hinein. Er betete inbrünstig darum, dass er sein Ziel unversehrt erreichen möge.

Als Gregor am nächsten Morgen erwachte, strahlte ihm die Sonne ins Gesicht. Er war durstig und fühlte sich schmutzig. Auf der Suche nach Wasser kam er zu einem Fluss. Es war der Lippefluss. Weit und breit war kein Mensch zu sehen. Er stieg die Uferböschung herab und tauchte im Fluss unter, um zu baden. Als er wieder hochkam, fühlte er sich erfrischt und gesäubert. Dann machte er sich wieder auf den Weg. Nachdem er ein paar Schritte gegangen war, sah er am gegenüberliegenden Lippeufer wieder eine Burg, die er nicht kannte. Aufgeregt hielt Gregor inne und befürchtete, dass es auch dort Feinde gab, die ihm auflauern könnten.

Gregor beschloss, sich so schnell wie möglich von der Burg zu entfernen. Doch er schaffte es nicht weit. Vom anderen Ufer kamen Stimmen zu ihm herüber. Vorsichtig versteckte er sich hinter einem Busch und beobachtete das gegenüberliegende Lippeufer. Neben der Burg, nahe am Fluss, stand ein Haus mit großem Anlegesteg. Eine Fähre und mehrere Boote waren dort angelegt. Auf der Wiese wehten in der frischen Morgenbrise Wäsche und Kleider, die auf einer langen Wäscheleine hingen. Wahrscheinlich war es das Fährhaus, überlegte Gregor. Eine junge Frau erschien mit einem Wäschekorb und nahm die trockene Wäsche von der Leine ab. Sorgfältig faltete sie die Wäschestücke zusammen und legte sie in ihren Korb. Dabei summte sie eine liebliche Melodie. Auf der Wiese spielte ein kleines Mädchen mit blonden Zöpfen. Gregor war sehr bemüht, dass man ihn nur ja nicht bemerkte. Als die Frau den Korb gefüllt hatte, ging sie damit zurück ins Haus. Sie rief das Kind, doch es folgte ihr nicht. Mit der Befürchtung, der Mann des Hauses käme jeden Moment aus der Tür heraus und könne ihn entdecken, wollte Gregor sich unbemerkt davonschleichen. Das Kind spielte am

Flussufer. Dabei rutschte es ab und stürzte ins Wasser. Ein kurzer Schrei zerschnitt die Luft. Er verstummte jäh, weil das Wasser über der Kleinen zusammenschlug, Das Mädchen zappelte noch einen kurzen Moment mit den Armen und ging dann unter. Die Strömung nahm es zügig mit sich mit fort.

Ohne zu überlegen rannte Gregor zum Fluss und stürzte sich in die Fluten hinein, tauchte nach dem Kind, erfasste es mit sicherem Griff und brachte es ans rettende Flussufer zurück. Die junge Frau kam aus dem Haus gelaufen und schrie laut mit sich überschlagender Stimme: „Liesel!"

Vorsichtig legte Gregor das Kind auf die Wiese. Die Kleine hustete und spuckte Wasser.

„Ihre Tochter lebt", beruhigte er die junge Frau.

„Danke! Liesel ist nicht meine Tochter, sie ist meine Schwester. Ich bin Ihnen ja so dankbar!"

Ein Leuchten ging über Gregors Gesicht, als er vernahm, dass die hübsche Schwester der Kleinen nicht mit deren Vater verheiratet war.

Vielleicht war sie noch nicht gebunden und er könnte sie näher kennenlernen. Doch schnell zogen dunkle Wolken über sein Gesicht. Er befürchtete, dass er sicherlich sehr schlimm aussah und froh sein konnte, wenn sie ihn nicht gleich davonjagte. Außerdem suchten ihn die gefährlichen Hexenjäger. Er würde sein Leben lang gejagt werden und ständig auf der Flucht sein. So würde er die Schöne in Gefahr bringen und könnte sich ohnehin nicht um sie kümmern. Er beobachtete sehr aufmerksam, wie sie mit dem triefend nassen Schwesterchen auf dem Arm ins Haus ging. Nach einer Weile kam sie allein wieder heraus.

„Die Kleine hat sich beruhigt und spielt jetzt mit ihrer Puppe. Wie heißt du denn?" fragte das entzückende Geschöpf ihn, und er stellte sich vor.

„Ich bin Sophie. Nie werde ich dir vergessen, dass du meine Schwester vor dem Ertrinken gerettet hast. Wo wohnst du, und woher kommst du?"

„Ich habe kein Zuhause mehr", gab Gregor zu.

Sophie war an ihm sehr interessiert, denn er gefiel ihr, und sie wollte ihn gern in ihrer Nähe behalten. „Bleib` doch einfach bei uns", sagte sie. „Wir brauchen noch jemanden für die Boote."

„Das wäre schön", bekannte er, „ aber ich bin auf Wanderschaft und darf nicht an einem Ort bleiben."

Argwöhnisch zeigte er in die Richtung der Burg, die neben dem Fährhaus aus der Gräfte emporragte, und meinte: „Die Burgherren dort haben doch sicher auch nicht gerne Fremde in ihrer Gegend."

„Das ist die Rauschenburg. Dort wohnen nette Leute. Du brauchst dir keine Sorgen zu machen. Mein Vater ist hier der Fährmann und fährt Leute, die einen Grenzpassiererlaubnisschein haben, über den Fluss. Außerdem bist du kein Fremder mehr. Du hast Liesel das Leben gerettet. Schon vergessen? Dafür werden wir dir ewig dankbar sein. Wenn du ein Leben rettest, bist du immer für das Leben, das du gerettet hast verantwortlich. Ich hoffe, das merkst du dir."

Sophie lächelte ihn strahlend an. Ein Leben lang an diesem schönen Ort zu bleiben, das konnte Gregor sich gut vorstellen. Er fühlte sich wohl an diesem Ort. Er hätte nicht nur gern auf das kleine Mädchen aufgepasst, das gerade in der Stube mit einer Puppe spielte, die junge hübsche Sophie hatte es ihm ganz besonders angetan.

Komm doch erst mal herein", schlug Sophie vor, „gegen ein gutes Essen hast du doch sicher nichts einzuwenden."

„Nein", versicherte Gregor mit knurrendem Magen, und er nahm die Einladung gerne an. Seit Stunden bekam er endlich wieder etwas zu essen und etwas anderes zu trinken als Wasser. Es schmeckte ihm ausgezeichnet. Sophie wies ihm ein gemütliches Zimmer zu, mit einem frisch gemachten Bett, und er fühlte sich wie im Paradies.

Ein plötzliches Geräusch von draußen ließ beide aufschrecken und nachschauen. Sie öffneten die Tür und bemerkten, dass aus der Ferne auf der vestischen Seite der Lippe Hufschläge zu hören waren, die immer lauter wurden. Gregor sah, dass mehrere schwarzbehütete und schwarzgekleidete Männer mit weißen Krägen zu Pferd näher kamen. Sein panischer Blick blieb Sophie nicht verborgen.

„Kann ich mich hier irgendwo verstecken?" fragte er sie angespannt.

„Komm mit mir." Sie führte Gregor ins Fährhaus und versteckte ihn dort in einem der Hinterzimmer. Gregor verbarg sich in einem Schrank und wartete im engsten Raum darauf, was nun geschehen würde. Sein Herz klopfte ihm vor Aufregung bis zum Halse. Sophie ging mit ihrem Korb zur Wäscheleine, um frisch gewaschene Wäsche aufzuhängen. Die Reiter hatten das gegenüberliegende Ufer mittlerweile erreicht. Sie befanden sich im Vest Recklinghausen, und nur der Fluss trennte die Männer noch vom Fährhaus, das wie die Rauschenburg zum Bistum Münster gehörte.

„Junge Frau, wir suchen einen jungen Mann mit roten Haaren. Haben sie ihn gesehen?"

Kopfschüttelnd erwiderte Sophie: „Nein", und sah dem Fragenden mit festem Blick entgegen.

„Junge Frau, Wir müssen ihr Haus durchsuchen", sagte ein dünner Kerl mit bösem Blick, „bei Euch soll sich jemand aufhalten, der von uns gesucht wird. Wir brauchen ein Boot."

„Ich habe keinen Fremden gesehen. Die Fähre geht erst nachmittags. Ich bin mit meiner kleinen Schwester hier und kann sie nicht allein lassen, um ein Boot überzusetzen. Die Kleine könnte unbeobachtet ins Wasser fallen. Bitte wartet auf meinen Vater. Er kommt später."

Zwei der Männer stiegen vom Pferd und zogen Schuhe und Mäntel aus. Sie blickten aufs Wasser und wogen scheinbar die Strömung des Flusses ab. Sie überlegten die Möglichkeit, schwimmend mit den Pferden durch das Wasser zu kommen. Der Dünne wollte sein Pferd herunter zum Wasser führen, doch es scheute. Laut wiehernd bäumte es sich auf.

„Vielleicht ist der Mann den wir suchen im Fährhaus?" fragte einer der Männer listig.

„Hier bei uns hält sich kein Fremder auf, aber kommt nur herein und seht Euch um. Ihr müsst aber leise sein, denn meine Großmutter ist schwerkrank und braucht Ruhe."

„Wir kommen zu Pferd. Macht schon mal eine Kanne Tee für uns", rief der Dünne, der die Aufsicht zu haben schien.

Sophie entgegnete: „Wenn Ihr herschwimmen wollt und die starke Strömung aushaltet, habt Ihr Euch eine Kanne Tee verdient. Erst letzte Woche ist eine ganze Pferdekarre hier untergegangen. Hoffentlich schafft Ihr es. Ich muss Euch aber sagen, dass unsere Großmutter im Bett liegt und an der Pest erkrankt ist. Wenn ihr in dieses Zimmer geht, könntet Ihr Euch mit der Pest anstecken."

Der Dünne überlegte einen Augenblick und sagte dann zu seinen Begleitern: „Hier gibt es nichts zu suchen, Männer. Hier gibt es nur eine pestkranke alte Frau. Wer weiß, ob die junge nicht auch schon infiziert wurde, und was da sonst noch alles verseucht ist."

Voller Abscheu brachen die Männer die Kontrolle ab und suchten das Weite. Die Luft war wieder rein.

Erst als die Reiter außer Sicht waren, lief Sophie ins Haus. Schnell öffnete sie im Hinterzimmer die Schranktür und Gregor taumelte heraus.

„Sie sind fort."

„Wie hast du das bloß geschafft?" Gregor schüttelte ungläubig den Kopf.

„Ich habe ihnen gesagt, dass hier die Pest wütet. Da haben sie gleich das Weite gesucht." Sophie lächelte zufrieden mit sich.

„Ohne dich hätte ich das nie geschafft. Danke!" Gregor war glücklich über die Rettung vor den Verfolgern.

„Warum verfolgen sie dich?" fragte Sophie voller Neugier.

„Das sind die Hexenjäger, die mich suchen, " antwortete er leise.

„Warum suchen sie dich denn?"

„Ich bin vor meiner Hinrichtung geflohen."

„Hinrichtung? Warum?" Sophie war völlig entsetzt.

„Ich sehe anders aus, als es von manchen erwartet wird, " erklärte Gregor traurig, „das macht manche Menschen misstrauisch."

„Das verstehe ich nicht", sagte Sophie, „du hast die Nase genauso im Gesicht wie andere Menschen auch. Was sollte jemanden an dir stören?"

„Meine roten Haare. Mit solchen Haaren wird man zum Tode verurteilt, weil viele Menschen Angst davor haben. Ich muss von hier fliehen."

„Nein, du brauchst nicht von hier zu fliehen. Hier sind wir im Münsterland, und hier bist du gut aufgehoben, auch mit roten Haaren. Nimm doch einfach mal dein Kopftuch ab", bat sie ihn.

Zögernd wickelte Gregor das verdeckende Tuch von seinem Kopf. Sophie starrte ihn verwundert und wortlos an.

„Siehst du, auch du findest keine Worte mehr, wenn du meine roten Haare siehst", stellte Gregor fest.

„Welche roten Haare?" fragte sie ihn.

„Bist du farbenblind? Sieh doch genau hin", sagte Gregor.

„Ich sehe deine Haare, sie sind nicht rot", wunderte sich Sophie.

Nicht?" Gregor verstand die Welt nicht mehr.

„Nein", lachte Sophie und zog ihn zu einem Zinnspiegel, der an der Wand hing.

Gregor blickte in den Spiegel und erkannte sich selbst nicht mehr wieder. Er suchte seine roten Haare und fand kein einziges. Die Haare hatten sich nach den Demütigungen und Misshandlungen der letzten Zeit verwandelt. Sicher lag es an dem Elend, das man anderen zugefügt hatte, was er beobachtete, und an seiner eigenen Todesangst, dass er so verändert aussah. Nun hatte er graues Haar, als wäre er schon älter, doch er stellte fest, dass es ihm sehr gut stand, was Sophie schon eher bemerkte. Ihre Familie behielt Gregor in ihrer Mitte und schätzte ihn sehr. Er und Sophie verstanden sich prächtig. Im Fährhaus bei der Rauschenburg lebte er von nun an im Münsterland. Die Hexenjäger aus dem Vest kamen nicht mehr zurück, und er fühlte sich endlich frei und geschätzt, als der Mensch, der er wirklich war. Gregor und Sophie entdeckten bald über die Zuneigung zueinander hinaus ihre Liebe füreinander, die ihr gemeinsames Leben überzuckerte. Nach einiger Zeit gründeten sie eine glückliche Ehe. Sie liebten sich von Herzen und bekamen fünf Kinder. Keines von ihnen lief Gefahr, am falschen Ort, wegen der Haarfarbe in den Bereich der Hexerei geschoben zu werden und deswegen auf dem Scheiterhaufen zu enden, denn keines hatte rote Haare.

Anmerkung: Die historischen Begebenheiten entsprechen der Wahrheit und wurden von mir genau recherchiert. Wahr ist z. B. auf den Seiten 15 und 16, dass das Gericht Münster den in Recklinghausen wegen Hexerei zur Hinrichtung verurteilten Mann nicht auslieferte und ihm so das Leben rettete. Nur die Geschichte um Gregor, Sophie und Liesl habe ich in diese Historie, stellvertretend für viele einst Verfolgte, eingesponnen. Diese Personen sind von mir frei erfunden.

Der sogenannte Hexenwahn, den es schon im Mittelalter gegeben hatte, erreichte in der frühen Neuzeit, im späten 15. Jahrhundert und zu Beginn des 16. Jahrhunderts, also zum Ende des Zeitalters des Feudalismus und zu Beginn des Aufklärungszeitalters, erschreckende Ausmaße in Deutschland. Die zahlreichen Justizprozesse, waren wohlorganisiert, gesetzlich geregelt und wurden von Priestern, Richtern und Ärzten gestaltet. Ärzte wirkten in den Prozessen als medizinische Gutachter, denn nur ihnen war die Macht gegeben, zu beurteilen, was Hexenwerk und was Krankheit war. Man richtete nach dem Motto: Was ein Arzt nicht heilen kann, muss Hexenwerk sein.

Spätere Bewohner der Rauschenburg zu Pferd vor dem alten Rauschenburger Fährhaus. Links befindet sich die Gräfte mit der Rauschenburg.

Foto: Familie Tenkhoff

Der Drache bei der Rauschenburg

Bei der Rauschenburg, nahe dem Lippefluss, gab es vor vielen Jahren einen purpurfarbenen Drachen. Er besaß einen langen Schwanz, vier Füße mit riesigen Klauen, hatte fast undurchdringliche Schuppen wie ein Fisch und einen massigen, gehörnten Kopf mit scharfzahnigem Maul. Der furchterregende Gigant, so groß wie zwei Elefanten, mit der Ähnlichkeit eines hoch aufgerichteten Krokodils, schaffte es, mit seinen vier kräftigen Beinen erstaunlich schnell zu rennen. Die größten Entfernungen überwand er aber im Fluge, denn er konnte fliegen wie ein Vogel. Er ernährte sich von Lavagestein aus der Vulkaneifel. Ein Vulkan bricht aus, wenn flüssiges Gestein in einer Höhle tief im Inneren der Erde unter dem Vulkan heiß wird und, nachdem die Höhle gefüllt ist, durch einen Spalt nach außen tritt, oder wenn Trolle, die in unterirdischen Steinhöhlen leben, ihren Hausputz machen. Immer dann, wenn die Erde Feuer spuckte, trat die Vulkanlava aus, und der Drache flog vom Lippefluss bis zur Eifel. Dort schnappte er sich die steinernen Happen oder fischte sie sich aus den Lavaseen. In kürzester Zeit legte er die weitesten Entfernungen zurück. Doch er konnte auch monatelang ohne Nahrung auskommen und in seinem Bau verweilen. Ganz nebenbei schaffte er es auch noch, wie eine Schlange zu kriechen und zu schwimmen wie ein Fisch. Wenn er mit seinen riesigen Pranken in den Fluss sprang, spritzte so viel Wasser heraus, dass es tagelang regnen musste, damit er sich wieder füllte. Der Drache machte sich durch laute, rasselnde Schnarchgeräusche, hin und wieder durchdringendes Geschrei und Feuerspeien bemerkbar. Die Menschen erzählten sich furchterregende Geschichten über ihn, dass er ein menschenfeindliches Ungeheuer sei, das die fruchtbringenden Wasser zurückhält und Sonne und Mond zu verschlingen droht. Außerdem hole er sich rücksichtslos alles, was ihm gefiel oder Nutzen brachte.

In früheren Zeiten war die Bewaldung sehr viel umfangreicher und dichter als heute, weil es viel weniger Menschen und kaum Bebauung in der

Landschaft gab. Tief im Wald hauste der Drache in einer Höhle und bewachte seinen Drachenhort, wo er wertvolle Schätze hütete. Darum nannte man den Busch bei der Rauschenburg in frühen Zeiten auch *Drachenwald*.

Wenn jemand sich seinem Hort näherte, spie der Drache mächtig Feuer, und der Drachenwald war an vielen Stellen durch abgeknickte Bäume und Brandschneisen gezeichnet. Die Bewohner des Landes hofften, dass der Drache eines Tages von einem mutigen Ritter im Kampf besiegt und getötet würde, um die Welt vor ihm zu retten. Während der Ritterzeit lebten auch auf der Rauschenburg über viele Jahre Ritter. Doch keiner von ihnen fand den Mut, sich dem Drachen beherzt entgegenzustellen.

In der Rauschenburg wohnte ein bildschönes, junges Mädchen. Es war die holde Prinzessin Katharina, die zu einem uralten Westfälischen Adelsgeschlecht gehörte.

An einem strahlenden, sonnigen Tag spazierte sie am Flussufer entlang. Sie trug ein langes, silbriges Kleid und um ihren Hals eine weiße Perlenkette. Die Sonnenstrahlen funkelten mit ihrem glitzernden Kleid und den Perlen um die Wette. Vergnügt pflückte sie Blumen von der Wiese und summte dabei ein Lied. Eine wunderschöne Blüte unten am Wasser erregte ihre besondere Aufmerksamkeit. Um sie zu pflücken, musste sie ganz nah an den Fluss herantreten. Vorsichtig setzte sie einen Fuß vor den anderen. Plötzlich verdunkelte ein riesiger Schatten die Sonne, breitete sich über Katharina aus, und es wurde finster und kühl. Die Prinzessin blickte nach oben und erschrak. Am Himmel erschien eine riesige, dunkle Gestalt. Der Drache flog mit weiten Schwingen über das Land. In ihrer Aufregung rutschte sie von der Uferböschung ab und fiel in den Fluss. Katharina konnte zwar schwimmen, doch ihr langes Kleid verhedderte sich unter Wasser zwischen Steinen und Wasserpflanzen. Verzweifelt riss sie an ihrem Kleid und versuchte, es zu befreien und hervorzuziehen. Dabei tauchte sie immer wieder unter, weil es ihr nicht gelang, sich mit nur einer Hand über Wasser zu halten. Längst hatte sie viel zu viel Wasser geschluckt. Allmählich schwanden ihre Kräfte, so dass sie es nicht einmal mehr schaffte, laut um Hilfe zu rufen. Nur noch ein schwaches Flüstern kam über ihre Lippen: „Helft mir doch."

Katharinas älterer Bruder, Prinz Maximilian von der Rauschenburg, kam gerade zu Pferd nach Hause. Er richtete seinen Blick über den Wassergraben zur Rauschenburg und darüber hinaus auf die Lippeauen. Die Aussicht, die sich ihm bot, war atemberaubend schön. Langsam ritt er in die Burg ein. Durch die plötzliche Verdunklung des Himmels aufmerksam geworden, blickte er nach oben und erkannte den Drachen, der sich bedrohlich der Burg näherte. Er zog sein Schwert, um gegen den Drachen zu kämpfen. Doch plötzlich verlangsamte das Ungeheuer seinen Flug und schwebte über dem Fluss. Es schien darin etwas erspäht zu haben. Da erst bemerkte der Prinz, dass jemand im Wasser zappelte und wild um sein Leben kämpfte. Voller Mut und um zu helfen, ritt er in rasender Eile zum nahen Flussufer. Doch bevor er es erreichte, legte der riesige Drache über ihm die Flügel an, stieß nach unten, ergriff mit seinen Klauen die Prinzessin und flog mit ihr, hoch durch die Lüfte, davon.

Vor Entsetzen über die unfreiwillige Bekanntschaft mit dem Drachen, von dem sie schon so viele schlimme Geschichten gehört hatte, war die

Prinzessin ohnmächtig geworden. Das Ungeheuer brachte sie in den Wald und setzte sie vorsichtig in seinem Hort ab.

Als Prinzessin Katharina die Augen aufschlug, sah sie in ein großes braunes Augenpaar, das sie voller Interesse anblickte. Sie erkannte den Drachen und ihr wurde klar, in welcher hoffnungslosen Situation sie sich befand.

„Bitte tu mir nichts.", flehte sie. Tränen rannen über ihr Gesicht.

Der Drache legte sein Haupt auf seine krummen Klauen, schaute sie aufmerksam an, und aus seinen Nüstern sprühten rote Feuerfunken. Dabei grunzte er unheimlich. Die Prinzessin erschrak fürchterlich. Doch da schloss der Drache seine Augen und schien einzuschlafen. Daraufhin beruhigte sie sich etwas und trocknete ihre Tränen. Sie sah sich um und entdeckte neben sich einen Höhleneingang aus dem ein golden leuchtender Schein drang. Es war der Eingang zur Schatzkammer, die der Drache bewachte. Doch keine Schätze der Welt interessierten Prinzessin Katharina. Sie wollte nur schnell wieder nach Hause. Vorsichtig und leise erhob sie sich, um zu fliehen. Auf Zehenspitzen entfernte sie sich schleichend. Das nasse Kleid klebte an ihrem Körper und erschwerte die Flucht. Der Waldboden unter ihren Füßen war weich und leise, aber Äste knickten geräuschvoll um und zerbarsten. Sie hoffte, dass der Drache schliefe und nicht aufwachen würde, damit er sie nicht verfolge. Ängstlich sah sie sich noch mal um. Das Ungeheuer lag da und schlief. Doch plötzlich öffnete der Drache seine Augen. Er richtete seinen Blick starr auf sie, und ihr war, als ob ein Schluchzer aus seinem unheimlichen Maul entwich. Mit einem Satz war das Ungeheuer neben ihr und brachte sie zurück in seinen Hort. Da saß sie nun und war gefangen. Der Drache hockte ihr gegenüber und bewachte sie und den Schatz. Verstohlen beobachtete Katharina ihn aus ihren Augenwinkeln. Erstaunt bemerkte sie, dass er gar nicht so hässlich war, wie ihn die Leute immer beschrieben hatten und dass man sich an seinen Anblick wohl gewöhnen könnte. Durch seine Größe war er unheimlich und furchterregend, doch sein Blick erschien ihr außergewöhnlich treu und liebevoll. Während sie noch so nachsann und dachte, dass so ein sanfter Blick nicht zu einer Bestie passte, überfiel sie eine bleierne Müdigkeit. Die Prinzessin schloss erschöpft die Augen und schlief ein. Sie schlummerte so tief und fest, dass sie erst am nächsten Tag wieder erwachte. Als sie die Augen öffnete, erblickte sie erstaunt mehrere fein gesäuberte Maiskolben und eine schöne Blume neben sich. Katharina war sehr hungrig und verzehrte die Maiskolben mit großem Appetit. Der Drache beobachtete sie dabei mit Genugtuung.

„Woher kommt denn die schöne Blume?" fragte Katharina den Drachen, der kurz nickte und Feuerfunken aus seinen Nüstern spie. Katharina ging in Deckung. Sie überlegte, was nun werden sollte. Gern hätte sie gewusst, was der Drache mit ihr vorhatte. Sie konnte sich nicht mit ihm unterhalten. Das war gefährlich, weil er als Antwort Feuer spie. So verbrachte sie Tage und Nächte in der Drachenhöhle und wurde liebevoll mit Maiskolben versorgt, die der Drache beschaffte, während sie schlief. Zu jeder Mahlzeit schenkte er ihr eine frische Blume.

Maximilian von der Rauschenburg hatte seine Brüder Alexander und Sebastian alarmiert, und die drei Brüder mobilisierten alle mutigen Ritter, die sie finden konnten, ihnen zu folgen, um den Drachen zu töten und die Prinzessin zu befreien. Am vierten Tag nach dem Verschwinden von Prinzessin Katharina machten sie sich bei Sonnenaufgang zu Pferd, mit ihren Schwertern auf den Weg durch den Drachenwald, die Drachenhöhle zu stürmen.

Als sie vor der Höhle ankamen, hörten sie die Prinzessin darin singen und erkannten erleichtert, dass sie lebte und sich in der Drachenhöhle befand. Die Ritter sprangen geräuschvoll von ihren Pferden. Das hörte der Drache. Laut grunzend kam er aus der Höhle heraus und spie Feuer. Da stürzten sich die Männer mit vereinter Kraft auf ihn und verletzten ihn mit ihren Schwertern stark. Der Drache wehrte sich nicht und griff sie nicht an. Er versuchte, die Schwertangriffe mit seinen Klauen abzuwehren. Doch es gelang ihm nicht, die Schwerter trafen ihn ins Mark. Bald schwanden seine Kräfte, und er brach mit einem sehr lauten, markerschütternden Wehmutsschrei zusammen. Als die Prinzessin diesen durchdringenden, qualvollen Schrei vernahm, kam sie erschrocken aus der schützenden Höhle heraus. Sie erblickte das Kampffeld, ihre Brüder, die Ritter mit ihren blutigen Schwertern und sah, dass der Drache verletzt und regungslos auf dem Boden lag.

„Katharina! Komm schnell, wir bringen dich nach Hause!" rief Sebastian ihr zu.

Die Prinzessin schrie: „Was habt ihr ihm angetan?" Sorgenvoll beugte sie sich zu dem regungslosen Drachen herab. Der Drache öffnete seine treuen Augen, und sie erkannte, dass er noch lebte. Sie rief ihn an: „Geh nicht fort, bleib hier!" Dabei streichelte sie seinen massigen Kopf. Der Drache stöhnte vor Schmerzen. Da beugte die Prinzessin sich noch tiefer über ihn.

„Nein, Katharina! Tu es nicht!" riefen ihre Brüder. Doch Katharina ließ sich nicht beirren. Sie gab dem Drachen einen Kuss. Erschrocken blickte sie nach dem Kuss auf den verletzten Drachen, der sich plötzlich vor allen Umstehenden entblätterte. Er entstieg seinem panzerartigen

Körper, in dem zahlreiche Schwerter steckten. Heraus trat ein bildschöner junger Mann, der ganz und gar unversehrt war. Katharinas Brüdern und den umstehenden Rittern fielen vor Schreck die Waffen aus der Hand. Wortlos beobachtete Prinzessin Katharina diese unbegreifliche Verwandlung. Da trat der schöne Jüngling auf sie zu, nahm ihre Hand, sah ihr tief in die Augen und sprach: „Ich war ein verwunschener Prinz und heiße Edmund von der Drachenburg. Es gab eine Fehde zwischen meinem Vater, dem Fürsten von der Drachenburg, und dem bösen Zauberer, der mich in den Zustand eines Drachen versetzte. Mein Vater hatte eine Fee beauftragt, den Zauber zu lösen. Sie aber sagte, dass ich nur dann Rettung finden könnte, wenn eine holde Jungfrau den Mut aufbringen würde, einen hässlichen Drachen zu küssen. Ihr habt mich erlöst, Prinzessin Katharina. Zum Dank dafür schenke ich Euch und Eurer Familie den Goldschatz, den ich die ganze Zeit bewachen musste."

Er führte Katharina und ihre Brüder in seine Höhle. Alle waren zutiefst geblendet von dem vielen Gold, das ihnen entgegenblinkte und hell erstrahlte. Danach nahmen die Prinzenbrüder ihre Schwester Katharina und Prinz Edmund mit auf die Rauschenburg. Prinz Edmund schickte einige Ritter zur Drachenburg, zu seinem Vater, damit sie ihn über die Erlösung seines Sohnes in Kenntnis setzten und ihm die Nachricht überbringen sollten, wo er sich aufhielt. Prinzessin Katharina wollte ihn in ihrer Nähe wissen und lud ihn ein, auf der Rauschenburg zu bleiben. Da ging Prinz Edmund vor ihr auf die Knie, nahm ihre Hand und sagte: „Liebste Katharina, ich möchte, dass du meine Frau wirst. Komm mit mir auf die Drachenburg. Meine Eltern werden sich sehr freuen, dich kennenzulernen."

Katharina fiel ihm um den Hals und küsste ihn. Noch am selben Tag hielt Prinz Edmund beim Fürsten von der Rauschenburg um die Hand Katharinas an. Dem Fürsten war dieser wohlhabende Prinz für seine Tochter äußerst recht und er freute sich sehr über den Goldschatz, den der zukünftige Gemahl seiner Tochter mit in die Ehe und ritterwürdige Familie brachte. Der Fürst und die Fürstin von der Drachenburg reisten, voller Erwartung, ihren schmerzlich vermissten

Sohn endlich wiederzusehen, ins Münsterland, zur Rauschenburg. Dort platzten sie direkt in die Hochzeitsvorbereitungen hinein.

Es wurde ein großes Fest gefeiert. Jeder war froh, dass der Drache niemanden mehr beunruhigen konnte. Den Schatz aber versteckten die Rauschenburger Ritter gut. Sie bedeckten ihn mit einer großen und dicken Steinplatte, die mit einem purpurnen, goldenen Drachenwappen geschmückt war. Schon oft hat man nach dem Schatz gesucht, doch bisher wurde er noch nicht gefunden.

Prinz Edmund und Prinzessin Katharina liebten sich sehr und führten eine glückliche Ehe. Sie bekamen zwei Prinzessinnen und drei Prinzen, die dieses Glück besiegelten. Diese Kinder waren fortan ihr größter Schatz.

Der letzte Tanz

Von Ostern bis Anfang Mai, vor allem in der Nacht zum 1. Mai, der Walpurgisnacht, in der sich der Sage nach sämtliche Hexen auf einem bizarren Felsplateau versammeln, um von dort aus auf ihren Besen zum Blocksberg zu fliegen, erscheinen manche angemachten Feuer um die Rauschenburg besonders mystisch. Auch am Osterfest dieses Jahres gab das Osterfeuer eine rätselhafte Erscheinung preis: Die Flammen zeigten, wie schon oftmals zuvor, ein Paar, das sich im Tanze wiegt.

Es ist schon einige Jahrhunderte her, als die Männer hohen Standes noch Perücken trugen, da lebte auf der Rauschenburg ein reicher **Landgraf** mit seiner Ehegattin Cäcilie. Cäcilie war als junges Mädchen von ihrem Vater, einem angesehenen Herzog, mit **Landgraf** Waldemar verheiratet worden und zeigte sich in ihrer Ehe kaum liebevoll. Aus diesem Grund war **Landgraf**

Waldemar äußerst empfänglich, als er von einem strahlend schönen, jungen Mädchen begehrt wurde. Er verbrachte die Abende gern im Wirtshaus, um sich die Zeit zu vertreiben, denn seine Ehe war ihm von Anfang an zu langweilig.

Seit einigen Tagen arbeitete dort eine neue Servierin. Anna war eine Schönheit, blutjung und lebte bei ihren Eltern im Ort. Seit sie den attraktiven Landgrafen zum ersten Mal sah, hatte sie an ihn ihr Herz verloren. Herzog Waldemar war berauscht von ihrer Schönheit und das Blut in seinen Adern kochte. Seine Besuche im Wirtshaus wurden immer häufiger, weil er Anna sehen musste. Bald trafen die Liebenden sich heimlich auch privat und es kam zu einem Verhältnis zwischen ihnen. Das blieb im Ort nicht lange verborgen, und man tuschelte über die verbotene Verbindung des ungleichen Paares. Als Annas Eltern vom Gerede der Leute erfuhren, untersagten sie ihr, die Treffen mit dem Landgrafen fortzuführen. Ihr Vater sagte: „Kind, du bist so ein schönes Mädchen. Du hast es doch nicht nötig, von dem alten, verheirateten Schlossherrn benutzt zu werden. Dein Verhältnis zu dem

Mann muss ein Ende haben, sonst kostet es noch deinen Kopf. Du weißt doch, außereheliche Beziehungen stehen unter hoher Strafe."

Doch Anna hörte nicht auf ihn, bei ihr sprach nur das Herz. Landgraf Waldemar wusste um die Brisanz seiner Liebe zu Anna, doch er konnte von ihr nicht lassen. So blieben beide ein Liebespaar. Sie liebten es, gemeinsam durch Feld und Wald zu wandern. Anna sang mit ihrer herrlichen Stimme eine schöne Melodie. Waldemar umfasste sie während sie sang, und beide wogen sich zärtlich und erfüllt im Tanz. Ihre Liebe war stark. Am liebsten hätten sie bis an ihr Lebensende zusammen getanzt, doch sie durften es nicht in der Öffentlichkeit gemeinsam zeigen. Darum tanzten sie heimlich. Als die beiden wieder einmal zwischen Wald und Flur spazieren gingen und sich unterdessen im Tanze wogen, sagte Anna zu Waldemar: „Wenn wir uns im Tanze wiegen, ist mir so, als könnte ich fliegen, zum Himmel empor, hoch hinauf zu den Sternen! Ach wie gerne würde ich mit dir einmal auf einem richtigen Ball tanzen, ein schönes Festkleid anhaben und gemeinsam mit dir an der

Tafel sitzen. Doch ich weiß, das wird immer ein Traum bleiben."

Daraufhin nahm Waldemar ihr Gesicht in seine Hände und küsste sie. Er wünschte sich nichts sehnlicher, als seine Liebe zu Anna in der Öffentlichkeit zu beweisen.

Der Ehebruch des Landgrafen blieb auch der Landgräfin Cäcilie nicht verborgen. Sie war erzürnt über diese Provokation durch den Betrug ihres Ehemannes und wandte sich an den Pastor des Ortes. Bei ihm beschwerte sie sich unter Tränen über die Untreue ihres Gemahls. Der Kirchenmann kannte Mittel und Wege, um das Verhältnis des Landgrafen zu verhindern und brachte den Treuebruch zur Anzeige.

Daraufhin bezichtigte man Anna mit einer Anklage, warf ihr vor, einen verheirateten Mann durch die Macht des Teufels verhext zu haben und stellte sie vor ein öffentliches Gericht. Es kam zum peinlichen Verhör, während dessen ihr durch Foltermaßnahmen Schmerzen zugefügt wurden. Am Ende stand die Verurteilung, sie sei eine Hexe.

Es war ein nebliger, kalter Morgen, als Anna von den Gehilfen des Henkers abgeholt, und auf den Scheiterhaufen gebracht wurde. Eine Menschenmenge hatte sich bereits um die Feuerstelle versammelt. Als Landgraf Waldemar von der Hinrichtung seiner Geliebten erfuhr, eilte er zu der Richtstätte. Dort sah er seine Anna bereits in Flammen. Er rannte auf den brennenden Scheiterhaufen zu, sprang auf die glühenden Holzscheite, versuchte, mit seinen schweren Stiefeln die Flammen zu ersticken und Anna aus dem Feuer zu ziehen. Doch der Holzblock auf dem er stand brach ein, und auch er wurde in die Flammen gezogen.

Aus der Menge riefen die Leute: „Seht nur, sie tanzen!"

Es war das tragische Ende einer großen Liebe. Landgraf Waldemar und Anna waren im Leben ein Liebespaar und schließlich blieben sie es auch im Tode.

Heute sieht man manchmal beim Rauschenburger Osterfeuer auf dem Feuerberg beide in den Flammen tanzen.

Der dritte Ritter
und der verborgene Schatz

Es war einmal eine große Burg. Sie hatte den Namen Buddenburg und lag direkt neben dem Fluss Lippe. In der Burg wohnte ein reicher, angesehener Baron mit seiner Familie. Der Baron war Ritter im Zeichen der drei silbernen Ringe und bei allen Menschen sehr berühmt. Er war ein Edelmann, der für die Sorgen und Nöte der Bauern, die seine Ländereien bewirtschafteten, immer ein offenes Ohr hatte. Seine drei Söhne waren jeweils zwei Jahre auseinander und so grundverschieden, wie man unterschiedlicher kaum sein konnte. Der älteste, Viktor, war der mutigste, er war sehr temperamentvoll, impulsiv, hatte überall etwas mitzureden und präsentierte sich als der geborene Anführer. Beim zweiten Sohn, Vincenz, zeigte sich dieser Eifer schon etwas verhaltener, und der dritte und jüngste Sohn, Valentin, war von äußerst sanftem Gemüt. Die Brüder mochten sich, doch ihren Eigenarten entsprechend, kam es dennoch häufig zu

Rivalitätskämpfen. Von Haus aus ging es gerecht zu, und die Eltern bevorzugten keinen von ihnen. Doch Valentin fühlte sich seinen Brüdern, die ihm gegenüber regelmäßig als Anführer auftraten, meistens unterlegen. Oft machten sie sich lustig über ihn, wenn er sich lieber der Literatur und Musik zuwandte, oder in der Natur den Vögeln und deren Gesang lauschte, während sie sich auf dem Burghof in der Schwertführung übten, um einmal angesehene Ritter, wie ihr Vater einer war, zu werden. Dazu verwendeten sie ungefährliche Schwerter aus dünnem Holz, deren Nutzung der Baron ihnen genehmigte.

Als er sieben Jahre war, wurde der Älteste als Page zu einer nahen Ritterburg, die auch am Lippefluss lag, geschickt. Graf Theodor von der Rauschenburg lebte dort mit seiner Tochter Charlotte, der Dogge Gilda und zahlreichem Personal. Seine Frau war bei der Geburt des einzigen Kindes gestorben und Charlotte wuchs ohne Mutter auf. Sie hatte eine Kinderfrau, die sich um das Wohlergehen des Mädchens kümmerte. Graf Theodor, der wie der Baron von der Buddenburg dem Ritterorden der drei silbernen

Ringe angehörte, trug eine große Verantwortung, denn er bildete die heranwachsenden Edelknaben zu echten Rittern aus. Ihm gehörten zahlreiche Ländereien, und er sorgte dafür, dass seine Bauern die Felder bestellten und abernteten, die Wiesen mähten, die Wälder rodeten und die Gegend um die Rauschenburg pflegten und hegten.

Auf der Rauschenburg sollte Viktor nun Kraft und Geschicklichkeit erwerben. Er lernte dort das Reiten und Schießen mit der Armbrust und übte den Gebrauch von Schwert, Lanze und Schild. Auch die höfischen Sitten wurden ihm beigebracht, und das Singen und Spielen der Lyra. Seine Geschicklichkeit im Wettkampf war besser, als die im Zupfen der Leier. Auch Singen mochte er nicht gern und übte sich lieber im Kräftemessen auf dem Burghof.

Zwei Jahre später folgte ihm sein jüngerer Bruder auf die Rauschenburg, um sich ebenso ausbilden zu lassen. Wie sein Bruder Viktor bevorzugte auch Vincenz es, draußen auf dem Burghof mit den anderen Knappen Ritter zu üben. Er und sein Bruder trainierten viel. Als ihr jüngster Bruder auf die Rauschenburg kam, um seine Ausbildung anzutreten, waren beide bereits hervorragend in der Schwertführung und gefürchtete Wettkampfgegner.

Als er vierzehn Jahre war, wurde der Älteste zum Knappen befördert. Es war ein Etappenschritt zum ersehnten Ziel, einmal ein großer Ritter zu werden. Auf der Rauschenburg richtete man ein großes Fest aus, zu dem auch der Baron, Ritter der drei Ringe von der Buddenburg, mit seiner Gemahlin erschien, um dem ältesten Sohn an seinem Ehrentag beizustehen. Es war ein besonders feierlicher Moment, als Ritter Theodor von der Rauschenburg Viktor sein eigenes Kurzschwert übergab. Sein Bruder Vincenz sah dabei zu und träumte davon, schon bald an der Stelle seines älteren Bruders zu stehen. Nur der Jüngste wäre lieber im Park geblieben, um dort an seiner Laute zu zupfen und der schönen Comtesse Charlotte beim Spaziergang mit ihrem Hund zuzusehen. Manchmal sang sie mit ihrer glockenhellen Stimme, die er besonders gern hörte, ein Lied. Sie inspirierte ihn dazu, sich Melodien einfallen zu lassen, die er dann auf der

Laute spielte. Schon manches Mal war Charlotte zu ihm gekommen, hatte sein Lautenspiel bewundert und die Klänge mit ihrer Stimme begleitet, was ihn sehr stolz machte.

„Du wirst auch eines Tages dort oben stehen, mein lieber Sohn.", sagte sein Vater zu ihm und zeigte auf das Podest, auf dem sein ältester Bruder nun mit seinem eigenen Schwert stand. Valentin nickte. Dabei dachte er, dass er niemals ein guter Ritter sein würde. Von seinen Brüdern hatte er gelernt, dass es immer andere gab, die besser waren, als er es je sein könnte. Wahrscheinlich würde er deswegen auch niemals Erfolg bei der zauberhaften Comtesse haben, dachte er traurig.

Der älteste Bruder war nun ein Knappe und wurde weiter ausgebildet. Er musste seinem Ritter Dienst tun. Sein führender Ritter war Ritter Kunibert, der auch unter dem Namen Ritter Unverzagt bekannt war. Denn nichts und niemand konnte ihn bezwingen und in die Flucht schlagen. Viktor hatte nun Ritter Kuniberts Schwert zu tragen und ihm dabei zu helfen, die schwere Ritterrüstung anzulegen oder sie wieder abzunehmen. Es war seine Aufgabe, die Waffen zu pflegen und sich um die Pferde zu kümmern.

Als er vierzehn war, wurde auch Vincenz Knappe, was ebenfalls bei einer großen Festlichkeit besiegelt wurde. Die stolzen Eltern waren von der Buddenburg angereist und gratulierten ihrem zweitältesten Sohn zum eigenen Schwert. Sein führender Ritter, dem er zu folgen hatte, hieß Ritter Edelbert. Dieser galt als ein edler Mann, der den Eindruck machte, als ob er kein Wässerchen trüben könnte. Er war jedoch ein exzellenter Führer des Schwertes, mit dem er schon so manchen Feind besiegt, oder in die Flucht geschlagen hatte. Neben den üblichen Aufgaben, die die Knappen für ihre führenden Ritter zu erledigen hatten, trafen sie sich regelmäßig zu spielerischen Wettkämpfen auf dem Burghof. Hierbei hatten Vincenz und Viktor die Gelegenheit, wie in Kindheitstagen, ihre Kräfte miteinander zu messen. Wie Viktor wurde auch Vincenz immer geschickter und besser in der Führung seines Schwertes.

Als ihr jüngster Bruder mit vierzehn Jahren zum Knappen befördert wurde, waren seine Brüder bereits hervorragende Schwertführer und Wettkämpfer. Auch die Lanze konnten sie geschickt führen. Ritter Theodor von der Rauschenburg übergab Valentin sein erstes eigenes Schwert. Der traute sich kaum, es festzuhalten. Niemals würde er ein guter Ritter werden, davon war er überzeugt. Seine Eltern waren zu seinem großen Tag von der Buddenburg angereist, gratulierten ihm zu seinem ersten eigenen Schwert und ermutigten ihn, tapfer weiterzumachen. Auch seine beiden Brüder wünschten ihm viel Erfolg auf seinem Weg zum Ritter und boten sich ihm an, dass er sich mit ihnen in der Kampftechnik übte.

Valentin jedoch hätte lieber sein Examen im Lautespiel und Singen gemacht, als sich auf dem Burghof von Gegnern besiegen zu lassen, sei es im Spiel, oder wenn es einmal ernst würde, im Kampf. Sein Ritter, dem er folgte, war Ritter Gyneomar, der auch als tollkühner Ritter Gynni bekannt war. Ritter Gyneomar war besonders furchtlos, draufgängerisch und wagemutig. Manch einer sagte ihm auch List nach. Valentin, der glaubte, dass ritterliche Charakterzüge nicht in seinem Blut lägen, tat sich schwer damit, seiner Bestimmung zu folgen. Das Verhältnis zu seinem Ritter Gyneomar war deshalb gespalten. Dieser glaubte, dass Valentin nicht alles gab, was er sollte und konnte. Darum bestrafte Gyneomar in schon mal, indem er ihn im Schlamm Gleichgewichtsübungen mit dem Schwert machen ließ. Oft fiel Valentin dabei in den Matsch. Die anderen Knappen fanden das sehr belustigend und lachten über ihn. Seine Brüder machten dabei keine Ausnahme. Valentin war traurig und wütend zugleich, doch er konnte sich nicht dagegen wehren.

So vergingen die Jahre. Die drei Brüder wurden älter und reifer. An der Waffe waren die beiden älteren von Jahr zu Jahr perfekter geworden. Auch Valentin hatte Fortschritte gemacht, konnte sich aber keineswegs mit seinen Brüdern messen.

Als Viktor 21 Jahre alt wurde, dauerte es nicht mehr lange, dass er nach seiner erfolgreichen Dienstzeit als Knappe mit vier andere Knappen, von Ritter Theodor von der Rauschenburg mit der Schwertklinge zum Ritter geschlagen wurde. An diesem besonderen Sommertag war viel los auf der Rauschenburg. Die Banner wehten und Fanfaren schmetterten weit ins Land, um von dem freudigen Ereignis zu künden. Das zusammengelaufene Volk staute sich vor dem Burgtor, um seine Aufwartung zu machen und am Festakt teil zu haben. Die Knappen empfingen in der Kirche das Gelübde und erlangten durch die Zeremonie des Ritterschlags die Ritterwürde. Ritter Theodor von der Rauschenburg legte Viktor noch einmal ans Herz, die Tugenden wie Ergebenheit und Treue, den Großmut, die Freigiebigkeit und das Sprechen der Wahrheit zu befolgen. Auch maßvolles und besonnenes Handeln und das stetige und beharrliche Verfolgen seiner Ziele forderte er von Viktor, der vor ihm auf dem Boden kniete.

„Trete immer wohlerzogen auf und betrage dich gegenüber den Frauen ehrerbietig und maßvoll. Schütze und verteidige die Armen, Schwachen, Witwen und Weisen, und achte ältere Personen. Übe dich in Demut und führe ein selbstbeherrschtes Leben. Denn nur, wer in allen Lebenslagen Milde und Zucht bewahrt, erstreitet sich die innere Tugend."

Als echter Ritter, der Viktor nun war, brachten die Knappen ihm seine eigene Rüstung. Alle neuen Ritter wurden bei einem rauschenden Fest auf der Rauschenburg gefeiert. Danach ging Viktor auf seine elterliche Buddenburg, die er einmal übernehmen sollte, zurück. Von nun an war er ein angesehener Edelmann und der Stolz der Familie.

Zwei Jahre später folgte ihm Vincenz auf diesem Weg. Bei der gleichen feierlichen Zeremonie schlug Ritter Theodor von der Rauschenburg ihn mit der Schwertleite zum Ritter der drei silbernen Ringe. Auch Vincenz verließ als edler Ritter die Rauschenburg und zog heim auf die Buddenburg.

Zu dieser Zeit hatte Valentin das neunzehnte Lebensjahr erreicht. Seine Neigung zu kämpferischen Handlungen war weiterhin ablehnend.

Sein Verhältnis zu seinem auszubildenden Ritter Gyneomar hatte sich inzwischen gebessert. Denn er hatte erkannt, dass der tollkühne Ritter es gut mit ihm meinte. Er führte ihn gerne mal durch Durststrecken und Engpässe zum verdienten Erfolg. So hatte man sich auf diese Weise arrangiert. Valentins große Leidenschaft aber galt immer noch der Musik, in die er sein ganzes Herzblut steckte. Er komponierte zahlreiche Melodien, wenn er die Zeit dazu fand. Die anderen Knappen fanden, dass er sich lieber im Kampfe üben sollte und nahmen seine Kunst nicht sehr ernst. Auch die Ritter empfahlen ihm, sein Augenmerk eher auf die Kampftechniken zu richten, als auf musische Dinge, die zwar auch wünschenswert, jedoch nicht das wichtigste für einen guten Ritter seien. Die Damen bei Hofe hörten ihm dagegen begeistert zu und sein liebster weiblicher Fan war die Tochter des Hauses, die bezaubernde Charlotte, die mittlerweile achtzehn geworden war.

Charlotte war sehr schön und anmutig, was bei den Edelmännern sehr beliebt war. Auch seinen Brüdern war die Schönheit der Comtesse nicht entgangen, denn In letzter Zeit ließen sie sich immer häufiger auf der Rauschenburg blicken, um dort an Ritterspielen oder Banketts teilzunehmen. Es war Valentin nicht entgangen, dass sie regelmäßig die liebliche Charlotte im Blick hatten und versuchten, sie zu beeindrucken. Er spürte tief in sich, dass ihm das nicht gefiel. Es war ein leichter, aber hoffnungsvoller Schmerz in seiner Brust, der ihn fühlen ließ, dass da etwas in ihm vorging, was er sich nicht erklären konnte. Seit einiger Zeit hatte er, wenn er Charlotte begegnete und sie freundlich lächeln sah, ein eigenartiges Gefühl in der Brust, hinter der sein Herz vor Aufregung wild hämmerte. Am allerschlimmsten war es für ihn wenn er sah, dass Charlotte seine Brüder anlächelte. Merkte sie denn nicht, dass die um sie warben? Sie jedoch ließ sich nichts anmerken, so als sei sie völlig unvoreingenommen. Valentin war sehr eifersüchtig. Er erkannte, dass er sich in Charlotte verliebt hatte. Doch Charlotte liebte nur seine Musik.

Eines Tages ging Charlotte mit ihrer Hündin durch die Lippewiesen spazieren. Gilda erschnüffelte viele Stellen in der Landschaft und entdeckte dabei viel. Oft sprang sie in den Fluss und apportierte Stöckchen, die Charlotte ihr ins Wasser warf. Auf einmal brachte Gilda nicht das Stöckchen zurück. Es war ein glitschiger, klebriger Gegenstand, den sie vor Charlottes Füßen ins Gras fallen ließ. Verwundert betrachtete die den seltsam geformten Gegenstand. Ihre Neugier trieb sie dazu, ihn aufzuheben. Das nasse Teil war ein verschmutzter alter Lederbeutel, dessen harter Inhalt von einer Schnur gehalten wurde. Mit Mühe und etwas umständlich versuchte Charlotte das Band zu öffnen. Es ließ sich kaum lockern. Ihre Finger schmerzten nach einiger Zeit. Sie stieg zum Fluss hinab und rieb das Band an einem Stein. Endlich öffnete sich der Beutel, gab ein Tuch frei, und Goldstücke quollen daraus hervor. Verwundert ließ Charlotte ein paar der goldenen Münzen durch ihre Finger gleiten. Gab es etwa noch mehr davon? War in der Nähe ein Schatz vergraben? Könnte es tatsächlich sein, dass ihre Gilda einen Schatz entdeckt hatte?

„Gilda, zeig mir, wo du das gefunden hast", rief sie und hielt der Dogge den Beutel vor die Nase. Gilda sprang ins Wasser und schwamm bis zu der Stelle, wo sie den Beutel aufgespürt hatte. In dem Bereich der Lippeauen wechselten sich Inseln und Sandbänke, flache und steile Ufer und Uferausbuchtungen ab. Gilda schwamm zu einer kleinen Erhebung, die aus dem Fluss ragte. Sie kletterte aus dem Wasser auf den Sandhügel, scharrte wild und wartete auf ihr Frauchen. Doch Charlotte kam nicht. Gilda bellte und suchte nach ihr, doch Frauchen war nicht mehr zu sehen.

Wo war Charlotte? Alle machten sich große Sorgen, denn Gilda war allein nach Hause gekommen. Lange hatte sie vergebens nach der Fährte ihres Frauchens gesucht. Graf Theodor von der Rauschenburg nahm an, dass seine Tochter entführt wurde, entweder zu Pferd oder mit einem Boot über den Fluss. So war es kein Wunder, dass Gilda keine Witterung aufnehmen konnte. Er schickte alle Ritter aus, die ihm zur Verfügung standen, um seine Tochter aufzufinden. Mutig rückten sie mit Lanze, Schwert und Schild an, um der Herausforderung zu begegnen und Comtesse Charlotte zu retten. Dem Finder versprach der Graf seine Tochter zur

Frau und Ländereien dazu. Die Ritter landesweit kamen in Scharen, um die Schöne zu suchen. Sie ritten verstreut über die Lippeauen und fanden von ihr keine Spur.

Der Tag der Sonnenwende war gekommen, als der mittlerweile 21jährige Valentin zum Ritter geschlagen wurde. Die Burg war fast leer. Die Ritter waren ausgeschwärmt, um Charlotte zu finden. Wie gern wäre er selbst Retter seiner Angebeteten geworden, doch er stand schon eine geschlagene halbe Stunde fast reglos da, während zwei Knappen ihm seine Ritterrüstung anlegten. Er fühlte sich aufgehalten und auf verlorenem Posten. Es dauerte noch eine geschlagene halbe Stunde, bis er die Rüstung endlich am Körper trug. Sie war aus blankpoliertem Metall mit kleinen Verzierungen und schwer zu tragen. Schon ohne Bewegung trat ihm der Schweiß aus den Poren hervor. In seiner schweren Rüstung bestieg er dann sein Pferd und ritt mit fünf anderen Knappen, die ebenfalls ihre neuen Rüstungen trugen, zur Kirche. Dort waren wegen der Suche nach der Comtesse nur wenige anwesend. Der Priester, Graf Theodor von der Rauschenburg und die Familien der sechs Knappen, waren die einzigen Beteiligten der Zeremonie. Das übliche Ritterfest war wegen der tragischen Umstände abgesagt worden.

Valentin und die anderen fünf Knappen knieten vor dem Altar, um den Segen zu empfangen. Der Priester segnete sie und auch ihre Waffen. Danach trat Graf Theodor von der Rauschenburg zu Valentin, schlug ihn mit dem Schwert auf die rechte Schulter und sprach: „Valentin, dein Schwert ist nun gesegnet und du bist ein Ritter geworden. Denke immer an die ritterliche Ehre und vergiss niemals, was du ab jetzt darstellst!"

Nach dem Gelübde und der Zeremonie, verließen alle unter Glockengeläut und Fanfarenklängen die Kirche und kehrten unter Anteilnahme und Jubel der Bevölkerung zur Rauschenburg zurück. Dort war alles still, denn das Hoffest fiel aus. Valentin verabschiedete sich von seinen Eltern. Obwohl er sich am liebsten sofort auf die Suche nach Charlotte gemacht hätte, um keine Zeit zu verlieren, ließ er sich von seinem Knappen zuerst die Ritterrüstung ausziehen. Denn ihm war klar, dass er, wenn er damit in den Fluss fiele, wie ein Stein untergehen würde. Aus seiner Rüstung endlich befreit, fühlte er sich erleichtert und schwang sich auf sein Pferd. Ohne Begleitung seines Knappen, dem er das Säubern der Ritterrüstung überließ, machte er sich auf zur Buddenburg, in der Hoffnung dort seine Brüder zu treffen, um durch sie erhoffte Neuigkeiten über Charlotte zu erfahren.

Vincenz kam zu Pferd von der Suche nach Comtesse Charlotte nach Hause. Er ritt auf die elterliche Buddenburg zu, als er von weitem seinen älteren Bruder Viktor erblickte. Viktor stieg in der Lippeaue hinter der Burg von seinem Pferd, ließ es dort stehen und ging allein weiter. Vincenz beobachtete ihn aufmerksam, war neugierig und wollte wissen, warum sein Bruder das Pferd stehenließ, um sich allein davonzumachen. Er band sein Pferd an einem Busch fest und ließ es ebenfalls zurück, um Viktor unauffällig zu folgen. Er sah, wie der am steilen Lippeufer einige von oben herabwachsende Pflanzen beiseiteschob und einen Zugang freilegte. Vincenz rieb sich die Augen und glaubte nicht richtig zu sehen. Viktor war plötzlich verschwunden. Vincenz konnte sich nicht erklären, wo er geblieben war. Er ging in die Richtung, wo er Viktor zuletzt gesehen hatte und kam zu einem Eingang, der in einen Gang führte, den er niemals zuvor gesehen hatte. Darin war Viktor verschwunden. Vorsichtig tastete Vincenz sich in dem schmalen Gang, in dem er aufrecht laufen konnte, vorwärts. Plötzlich vernahm er die Stimme seines Bruders. Sie hallte dumpf durch den Gang: „Endlich habe ich dich gefunden, holde Schöne! Hab keine Angst, ich hole dich jetzt hier heraus."

Vincenz staunte nicht schlecht, als Viktor mit Charlotte auf seinen Armen im schummrigen Gang auf ihn zukam. Verdutzt fragte er ihn: „Wo war sie? Wie hast du sie gefunden?"

„Frag nicht so neugierig. Ich habe genauso gesucht, wie du auch und war eben der Erste, der sie gefunden hat."

Während Viktor Charlotte nach draußen brachte, ging Vincenz den Höhlengang weiter entlang und kam zu einem Raum, in dem sich offenbar die Comtesse aufgehalten hatte, denn dort stand ein Krug mit Wasser neben Speiseresten und mehreren Decken und Kissen. Die Sachen sahen sauber aus und konnten noch nicht sehr lange dort gelegen haben. Schon oft hatte Vincenz von dem geheimen Gang unter Schloss Buddenburg gehört. Doch obwohl er und seine Brüder schon als Kinder fieberhaft danach gesucht hatten, war er ihnen verborgen geblieben. Nur Viktor nicht, musste er nun feststellen. War er doch gezielt auf den Eingang des geheimen Ganges hinzugelaufen. Hatte er etwa gewusst, was er dort vorfinden würde?

Die Rettung der Comtesse aus den Händen ihres Entführers sollte groß gefeiert werden. Charlotte berichtete, dass sie am Tag ihrer Entführung von hinten überfallen und auf ein Pferd gehoben wurde. Bevor man ihr Mund und Augen verband, erkannte sie in ihrem Entführer einen Mann mit schwarzer Maske. Sie erzählte von dem gefundenen Beutel mit den Goldmünzen, der ihr bei der Entführung zu Boden gefallen war.

Nach der Befreiung seiner Tochter ließ Graf Theodor von der Rauschenburg nach dem Goldfund suchen, doch man fand nur noch den leeren Beutel. Offenbar hatten Spaziergänger, oder gar der Mann mit der Maske, der seine Tochter entführte, die Münzen mitgenommen. Auch nach einem möglichen Herkunftsort des Münzschatzes wurde geforscht. Dabei kamen noch mehrere weitere Beutel mit wertvollem Inhalt zum Vorschein. Sie wurden an einer Inselkante im Fluss, nahe der Rauschenburg, gefunden. Man vermutete, dass das Gold von reichen Kaufleuten stammte, und dass es in der Vergangenheit dort entweder angespült oder versteckt wurde. In den früheren Zeiten war es ein übliches Risiko, dass reiche Kaufleute ihre Schiffe durch den Fluss führten und dabei von Raubrittern überfallen wurden.

Valentin erreichte zu Pferd die elterliche Buddenburg. Weder seine Eltern, noch seine Brüder waren anwesend. Er überlegte, ob er warten solle, oder was sonst zu tun sei und blickte über die Lippeauen. In der Ferne erblickte er ein weißes Tuch, das an einem Busch hing und im leichten Winde wehte. Neugierig geworden, lenkte er sein Pferd zur Lippewiese und stieg ab. Er schritt auf den Busch zu. Je näher er dem Tuch kam, desto klarer konnte er erkennen, dass sich hinter dem Busch eine Öffnung befand. Sein Gedanke war, hier musste erst kürzlich jemand gegangen sein, denn einige Zweige waren abgeknickt und gebrochen. Valentin ergriff das Tuch und nahm es mit sich. Es war ein weißes Spitzentaschentuch. Bei näherer Betrachtung erkannte er die Initialen von Charlotte. Er steckte das Tuch in seine Tasche. Dann kletterte er durch das Gebüsch in den dunklen Schacht hinein und befand sich mitten in einem schummrigen Gang, dessen Sicht sich nur von dem wenigen Licht nährte, das von außen hereindrang. Im weiteren Verlauf wurde der Stollen immer düsterer. In diesem Geheimgang suchte Valentin fieberhaft nach Charlotte und fand sie nicht. Ein finsterer Raum mit abgebrannten Kerzen, Decken, Kissen und Essensresten zeigte ihm aber, dass sie hier gewesen sein musste. Auf der Suche nach ihr ging er noch ein Stück des Ganges weiter und entdeckte einen weiteren Raum, in dem eine aus altem Holz gefertigte Kiste stand. An der Wand hingen Teppiche und Lederhäute. Auf dem Boden lagen zahlreiche Lederbeutel mit Goldmünzen und Silberschalen mit Schmuck und Diamanten. Überall standen Teppichballen und Amphoren herum. Manche der Vasen waren mit Gold und Silber gefüllt. Valentin rüttelte an der Kiste und wollte sie an sich ziehen. Sie war unheimlich schwer. Er mühte sich ab und bewegte sie ein kleines Stück von der Wand weg. Dabei splitterte das morsche Holz. Jetzt fiel ihm auf, dass in der Wand hinter der Kiste Steine fehlten. Gespannt blickte er durch das kleine Loch, das sich ihm bot und sah direkt in den Weinkeller der Buddenburg hinein. Hier war er also, der geheime Gang, von dem er als Kind schon so viel gehört hatte. Er lag nun tatsächlich vor ihm. Wie oft hatte er ihn mit seinen Brüdern gesucht und nicht gefunden.

Valentin war einem großen Geheimnis auf die Spur gekommen. Man erzählte sich, dass der Geheimgang der Buddenburg im Mittelalter, als die Ritterfehden noch an der Tagesordnung waren, ein Fluchtweg für die Burgbewohner war, um Gefahren zu entkommen. Er war aber auch eine Möglichkeit, heimlich in die Burg zu gelangen, was auch für ungebetene Gäste galt. Deshalb hatte man den Gang irgendwann zugemauert, und mit der Zeit war seine Lage in Vergessenheit geraten. Nur seine Existenz spukte noch in den Köpfen der Menschen herum. Valentin begriff, dass er neben dem Geheimgang einen Umschlagplatz von Schmugglern entdeckt hatte, die dort ihre gestohlene Beute aufbewahrten. Er fragte sich, ob der Lagerplatz noch genutzt wurde, oder schon Jahrhunderte alt und vergessen war. Immerhin lag überall dicker Staub, der Einstieg in den Geheimgang war ziemlich von Gestrüpp überwuchert, und es schien, als würde er wenig genutzt. Da er Charlotte nirgendwo entdecken konnte, beschloss er, zur Rauschenburg zurückzureiten, um ihrem Vater ihr Taschentuch zu überbringen und sich auf die Suche nach ihr zu machen. Die Erforschung der Holzkiste und alles Gold und Silber waren ihm nicht so wichtig, wie die Suche nach Charlotte.

Buddenburg an der Lippe

Charlotte war froh, gerettet und wieder zuhause zu sein. Um ihre Heimkehr zu feiern, ließ ihr Vater ein Fest ausrufen. Ein dreitägiges Hoffest mit Armbrustschießen, Ritterspielen, Jagd und lustigen Prunkgelagen nahm seinen Lauf. Graf Theodor von der Rauschenburg war überglücklich, seine Tochter wohlbehalten wieder zu haben. Viktor von der Buddenburg, Ritter der drei silbernen Ringe, war auf dem Weg zum Grafen, um die Comtesse, die er zurückgebracht hatte, zu seiner Ehefrau zu beanspruchen. Auf dem Burghof begegnete er Vincenz. Der stellte ihn zur Rede: „Was ist, wenn ich sage, dass ich der erste war, der sie gefunden hat?" fragte er seinen älteren Bruder.

„Wieso solltest du das tun? Es wäre eine Lüge, denn du weißt, dass ich es war, der die Comtesse gerettet hat", antwortete Viktor verständnislos.

Vincenz mutmaßte: „Du hattest sie wahrscheinlich auch entführt, denn das Versteck kanntest nur du allein."

„Wage es nicht, mir das zu unterstellen", verbat sich Viktor und zog drohend sein Schwert gegen den Bruder.

Vincenz griff nach seinem eigenen Schwert und ein wildes Duell zwischen den beiden Brüdern nahm seinen Anfang.

Nun traf auch Valentin in der Rauschenburg ein. Er ritt durch das offene Tor in den Burghof und sah seine beiden Brüder kämpfen. Irgendwie schien es diesmal kein Spaß zu sein, hatte er den Eindruck. Graf Theodor von der Rauschenburg unterbrach die beiden Streithähne strikt und verbat ihnen, sich an einem Freudentag wie diesem, auf seinem Burghof Streitereien hinzugeben. Es blieb ihnen gar nichts anderes übrig, als der unmissverständlichen Aufforderung des Burgherrn, der sein Hausrecht einforderte, nachzukommen. Schließlich waren sie als Ritter ihrem Herrn Gehorsam schuldig. Die beiden ließen voneinander ab und warteten, was weiter geschehen würde. Die Festgesellschaft hatte von dem Vorfall nichts mitbekommen und feierte fröhlich weiter.

Ritter Viktor trat auf den Grafen zu und hielt um die Hand seiner Tochter an, mit der Begründung, dass er sie sich verdient habe. Vincenz war ihm gefolgt und stellte den gleichen Anspruch. Er zog ein Stück Stoff aus seiner Tasche und hielt es seinem Bruder vor die Nase. Es bestand aus Seide, war mit Silberfaden bestickt und zeigte das Familienwappen der Buddenburger mit drei silbernen Ringen. Der Stoff gehörte zu einem Kissen, das er aus dem Raum neben dem geheimen Gang mitgenommen hatte. Er flüsterte seinem Bruder zu: „Wenn du mir nicht den Vortritt lässt, verrate ich allen, dass du die Comtesse entführt hast. Denn nur du kanntest den Gang und das Versteck, und die Kissen sind aus unserem Schloss."

Graf Theodor rief Charlotte und Viktor zu sich in die Burg, um die beiden zusammenzuführen. Viktor zögerte. Er zischte seinem Bruder Vincenz, der mit dem Seidenstoff wedelte, zu: „Wenn du mir Schwierigkeiten machst, kannst du deine Tage zählen."

Dabei griff er warnend an sein Schwert. Dann folgte er dem Ruf seines Herrn und trat siegessicher an die Seite des Grafen und der Comtesse. Mit ihr als Ehefrau würde er eines Tages den größten Waldbestand und die einträglichsten Ländereien des Landes besitzen. Er würde sein eigenes Territorium aufbauen, plante er im Geiste. Der Burgherr ließ die Fanfaren erklingen. Danach verkündete er allen Anwesenden ein freudiges Ereignis: „Liebe anwesenden Gäste! Die Comtesse ist wieder da und ihr Retter wird nun immer an ihrer Seite sein."

Er wandte sich Viktor zu und sprach: „Edler Ritter Viktor von der Buddenburg, Ritter der drei silbernen Ringe, niemals werde ich es Euch vergessen, dass Ihr mir das Liebste, was ich verloren hatte, zurückgebracht habt. Zum Dank dafür gebe ich Euch meine Tochter zur Frau und fünf Ländereien als Mitgift dazu."

„Vater, ich will ihn nicht heiraten!" rief Comtesse Charlotte erschrocken.

„Aber Kind, warum denn nicht? Ritter Viktor hat dir dein Leben gerettet. Dafür solltest du ihm dankbar sein."

„Ja, Vater, das bin ich auch. Aber ich möchte nur den Mann heiraten, den ich liebe."

„Du sollst aber einen Ritter heiraten, mein Kind. Wen kann man mehr lieben, als den Ritter, der einem das Leben rettete?"

„Seinen Bruder", rief die Comtesse.

„Seinen Bruder? Den zweiten Ritter von den Buddenburgern?" fragte ihr Vater sie überrascht und blickte zu Vincenz hinüber, der seltsamerweise mit einem seidenen Fähnchen wedelte. Die Blicke aller Anwesenden folgten ihm. Allein Charlottes Stimme riss alle aus ihrem unmäßigen Erstaunen. Sie rief: „Nein! Ich will den dritten Ritter!"

In diesem Moment ertönte ein wohlklingendes Lautenspiel. Die Melodie verzauberte den Raum, in dem sich die Festgesellschaft befand.

„Hört nur, Vater! Mit diesen süßen Klängen hat er mein Herz gewonnen. Nie wieder möchte ich ohne diese Musik sein, und noch viel weniger ohne ihn, meinen Ritter."

Charlotte strahlte glücklich, als Valentin mit seiner Laute auf sie zuschritt. Er war froh. Denn endlich lächelte seine Angebetete nur für ihn, und sein größter Wunsch hatte sich erfüllt.

Bruder Joswig und die Damen

Joswig, der berühmt berüchtigte Damenverführer, der es besonders auf die Edeldamen der Ritterburgen und Schlösser abgesehen hatte, näherte sich seinem Ziel immer nur dann, wenn die Burgherren dem Hause fern waren. Er kam in einer besonderen Verkleidung, die bei allen auf Misstrauen stieß, denn er erschien immer nackt. Splitternackt, wie der Herrgott ihn geschaffen hatte, begab er sich in die Räume, die nur von weiblichen Personen bewohnt wurden. Wenn die Damen, in ihrer Kemenate sich entkleidet hatten, kam er durch Türen oder Fenster, um sich auf seine Opfer zu stürzen. Er war groß und schlank. Seine schwarzen Augen brannten vor Leidenschaft, und sein schwarzes Haar machte aus ihm eine rassige Schönheit. Sein Blick funkelte fordernd, wenn er seine Hausbesuche machte. Es gab auch manche Burgherrin, die sich gern von ihm betören ließ. Bei einigen wurde er sogar Dauergast, wenn die Burgherren nicht daheim waren. Am meisten bevorzugte er die jungen

Prinzessinnen und Komtessen, die noch frei und unbefangen waren, und bei denen er noch Unsicherheit spürte. Er verfolgte sie meistens über den ganzen Tag, bis in die Nacht hinein. Dabei begleitete er sie auf Spaziergängen in Feld und Wald und gab sich unter falschem Namen oder Titel aus. Im Freien konnte man ihn im eleganten Reiterdress zu Pferd wahrnehmen. Dann hinterließ er bei jedem einen seriösen Eindruck, und niemand traute ihm Schlimmes zu. Nur wenn die Ritter nach Hause kamen, kreuzten sie die Klingen und schon musste Joswig die Flucht ergreifen. Aber immer wieder, wenn er nackt und gebräunt in Erscheinung trat, galt er bei allen Frauen als Augenweide.

Bei Fürst Kunibert von Felsenstein hatte Joswig besonderes Glück. Denn der war oft nicht zuhause und hatte eine schöne Frau namens Marlene und eine entzückende Tochter, die Komtesse Luise. Beide liebten Joswig so sehr, dass er willenlos wurde. Unerwartetes war Joswig in diesem besonderen Falle geschehen, denn er war beiden Frauen verfallen. Mehr noch, er war unrettbar liebestoll. Er konnte keine rechte

Entscheidung treffen, welche der beiden Frauen, ihm am meisten Glück brachte, die jüngere, noch etwas unerfahrene, zarte Knospe, oder die ältere, reife Frucht. Um das herauszufinden, wiederholte er seine Annäherungsbesuche sehr häufig. Eines Tages wurde er von Fürst Kunibert von Felsenstein in Flagranti erwischt. Der Fürst hielt ihm das Schwert vor die Nase und stellte ihn vor die Wahl: „Entweder, du stirbst jetzt und hier, auf der Stelle, oder du verschwindest für immer!"

Joswig versprach, weit fortzugehen, und sich zukünftig lieber von der Damenwelt zurückzuhalten. Er wurde sehr zahm und trat voller Überzeugung in ein Kloster ein. Dort interessierten ihn nur die Engelfiguren und göttlichen Gemälde, in die er sich nun mit Inbrunst verliebte. Als Bruder Joswig ging er durch die Lande und blieb den Damen der Gesellschaft treu. Nur jetzt ging es ihm darum, gute Taten zu vollbringen, was ihn überall beliebt und bekannt gemacht hat. Es gab keine Frau, die noch nichts von dem berühmten Bruder Joswig gehört hatte. Viele vertrauten sich ihm an und ließen sich von ihm trösten.

Märchen

Märchen verzaubern, beeindrucken, fesseln... Märchen sind lieblich, grausam und gemein... Märchen zählen zu einer bedeutsamen und sehr alten Textgattung in der mündlichen Überlieferung und treten in allen Kulturkreisen auf, um von ihnen zu lernen. Sind Märchen überaltert und passen nicht mehr in unsere Zeit, oder dürfen wir sie heute noch mögen? Können wir auch heute noch von ihnen lernen?

Der Begriff „Märchen" ist die Verkleinerungsform der mittelhochdeutschen Maere, was „Kunde, Bericht, Nachricht" bedeutet. Märchen sind Prosatexte, die von wundersamen Begebenheiten berichten.

Märchen haben eine Reise in die eigene Seele zu bieten. Man hat die Möglichkeit, sich mit dem Inhalt des Märchens innerlich auseinanderzusetzen und für das Leben Lehren daraus zu ziehen oder anderen zu vermitteln.

Märchen verkörpern einen wunderbaren Gegensatz zur Schnelllebigkeit unserer heutigen Zeit. Da Lebensweisheit transportiert wird, ist es auch heute noch sinnvoll, von ihnen zu lernen. Sie können eine Orientierung im Leben bieten. Zum Beispiel, wenn wir lernen, dass auch die kleine Geldbörse reicht, um glücklich zu sein und die große uns Unglück bringen könnte. Märchen sind ein Land voller Zauber. Märchen wissen, dass einzig die Liebe die Kraft besitzt, glücklich zu machen, denn sie trägt uns auf Flügeln über Berge, Täler und Meere in das Land voller Zauber und Träume. Es gibt eine Lebenszeit für die Liebe. Mehr Zeit hat man nicht. Bei meinen Lesungen habe ich beobachtet, dass die Eltern den Märchen genauso fasziniert lauschen, wie die Kinder. Manch einem wurden sogar Tränen entlockt.

Wenn es um die Märchen der Brüder Grimm geht, denkt man unwillkürlich an die Klassiker wie *Schneewittchen* oder *Dornröschen*. Märchen enden glücklich. Doch die beiden haben viel mehr geschrieben - auch Märchen, die nicht in das herkömmliche Raster passen. Jemand, der

Märchen als brutal verstehen will, da manche Mär gnadenlos erscheint, z. B. wenn der böse Wolf bei *Rotkäppchen* Wackersteine in seinen Bauch genäht bekommt, oder die böse Hexe aus dem Märchen *Hänsel und Gretel*, von Gretel in den Ofen geschoben wird, - was alles ein nicht minder gnadenloses Vorhergeschehen hat -, wird der Intention dieser Aussagen nicht gerecht. Vielleicht sollte man den Zeitpunkt, wann man diese Art Märchen den Kindern vorliest, insofern günstig bestimmen, dass man es nicht vor dem Gute Nacht-Kuss und „Nun schlaf schön und träum süß" tut. Doch auch diese brutalen Märchen haben ihre Berechtigung, denn sie fordern in ihrer Symbolik dazu heraus, die fürs wahre Leben unnatürlichen, unschönen und schlimmen Dinge auszuhalten, die eigenen Gefühle darüber kennenzulernen, zwischen *Gut* und *Böse* bzw. *dem Überleben zugetan* oder *abtrünnig zu sein*, zu differenzieren und so manche Gefahr in der Wirklichkeit möglichst zu vermeiden. Man erkennt, dass jemand vermeintlich Stärkeres - *Hexe* -, der einem selbst oder jemand anderem Böses will, sich damit keinesfalls durchsetzen, oder über einen siegen muss.

Man hat immer die Möglichkeit, sich zur Wehr zu setzen oder Nothilfe zu leisten – genauso, wie die böse, nach Hänsels Leben trachtende Hexe, die von Gretel in den Ofen befördert wird.

Märchen verzaubern, beeindrucken, fesseln. Darum finde ich es gut und wichtig, den Märchen in unserer Zeit Raum zu geben. Das Wunderbare und Mystische an den fantastischen Geschichten ist, dass in Märchen die Unsterblichkeit schlummert. Denn der Möglichkeit, über die Zeiten hinaus zu existieren, wird Raum gegeben: Und wenn sie nicht gestorben sind, dann leben sie noch heute...

Sagen

Eine Sage ist eine auf mündlicher Überlieferung basierende, kurze Erzählung, deren ursprünglicher Verfasser in der Regel unbekannt ist. In ihrer Art ist sie dem Märchen und der Legende ähnlich, wenn sie von fantastischen, die Wirklichkeit übersteigenden Ereignissen berichtet. Sagen sind von ihrer Entstehung her mit realen Begebenheiten, Personen- und Ortsangaben verbunden, so dass ihnen der Eindruck eines Wahrheitsberichtes anhaftet. Bei den Wandersagen haben verschiedene Völker und Kulturen häufig fremde Inhaltsstoffe und exotische Motive für ihre eigenen Sagen übernommen und sie mit ihren persönlichen landschaftlichen und zeitbedingten Eigentümlichkeiten und Anspielungen vermischt.

Entscheidend wurde der Begriff der Sage durch die Brüder Grimm geprägt. Das **Grimm'sche Wörterbuch**, *Bd. XIV, 1893,* spricht von der *Kunde von Ereignissen der Vergangenheit, welche einer historischen Beglaubigung entbehrt".

Ferner von „Naiver Geschichtserzählung und Überlieferung, die bei ihrer Wanderung von Geschlecht zu Geschlecht durch das dichterische Vermögen des Volksgemüts umgestaltet wurde. Hierbei greifen subjektive Wahrnehmung und objektives Geschehen dermaßen ineinander, dass übernatürliche, unglaubhafte Begebenheiten den Wesenskern einer Sage bilden. Es besteht also nicht allein das Subjektive. Auch eine objektive Annahme hat ihre Berechtigung.

Sagenhelden werden benannt, und wie im Märchen gehört die Vermenschlichung von **Pflanzen** und **Tieren** zur Sagenwelt. Auch übernatürliche Wesen wie Zwerge, Feen, Elfen und **Riesen** sind in der Sagenwelt zuhause.

Anders als beim zeitlosen Märchen - *Es war einmal...* - mit den allgemeinen Ortsangaben, wie z. B. dem Wald, Brunnen, der Hütte und den typischen Märchenfiguren, wie König, Prinz, Prinzessin, Stiefmutter, Hexe…, sind bei der Sage tatsächliche Ereignisse, Lokalitäten und Persönlichkeiten vorhanden. Diese, im Nachhinein fantastisch ausgeschmückt und gestaltet, wurden Anlass für die Erzählung der Sage.

Damit steht der Realitätsanspruch der Sage über dem des Märchens.

Weil zum Dreigestirn noch eines fehlt, sei hier die Legende noch angeschlossen. Legenden sind Erzählungen, zumeist in erhöhender Weise, über Begebenheiten oder Leben und Tod von Personen. Sie muten an, dass es sich um unzutreffende Tatsachenbehauptungen handelt. Manche Legenden aber können einen Kern von historischer **Wahrheit** enthalten. In bildhafter oder szenischer Erzählform suchen sie den Kern einer Tatsache oder den Sinn eines Geschehens zu vermitteln, auch wenn die jeweils erzählte Geschichte **quellenmäßig** unverbürgt ist.

Rauschenburg 1908

Danke

An dieser Stelle möchte ich mich bei denjenigen bedanken, die mich bei der Anfertigung dieses Buches unterstützten und mir Quellen und Bilder zur Verfügung gestellt haben.

Baeredel, Dortmund;

Aloys Tenkhoff, Halle;

Spargelhof Tenkhoff, Olfen;

Bernhard Wilms, Studiendirektor a. D., Olfen.

Nachwort

Hiermit beende ich die Reise in die Vergangenheit und in die Welt aus Phantasie und Mystik. Ich freue mich, dass mich, obwohl es zahlreiche Schlösser und Burgen gibt, gerade die Rauschenburg dazu inspirierte, ihre Geschichten und Märchen aufzuschreiben. Die Rauschenburg liegt romantisch-verwunschen in einer Gräfte am Fluss, umgeben von naturnahen Wäldern, Wiesen und Feldern, im Herzen des Münsterlandes.

Es hat mir sehr viel Freude bereitet, für alle interessierten Leser und Leserinnen, die alten märchenhaften Pfade rund um die Rauschenburg zu beschreiben, und die Geschichten um die, längst in wild romantischen Zustand versetzte Burg, in diesem Buch aufzuschreiben. Meine berühmten Namensvettern, die Brüder Grimm, ließen einst ihre gesammelten Märchen von ihrem Märchenschloss aus um die Welt gehen. So wie sie die Sababurg im Weserbergland als Dornröschenschloss auserkoren, in dem das Dornröschen hundert Jahre schlief, um danach endlich von ihrem Prinzen wachgeküsst zu werden, hat sich mir die Rauschenburg märchenhaft erschlossen. Deshalb wurden auch an diesem Ort Prinzessinnen und Prinzen lebendig, die einander küssten… Darüber hinaus erschien eine ganze Schar von bunten Märchengestalten, die ich meinen Lesern nicht vorenthalten möchte. Wie es bei märchenhaften Geschichten der Fall ist, sind deren Namen jedoch frei erfunden.

Das Buch *Gefährliche Burggeschichten* ist dennoch etwas anders, als die anderen Burggeschichten-Bücher. Mit der ersten Darstellung *Menschenjagd*, gibt es eine Geschichte preis, die ich in Gedenken an zahlreiche vergangene Menschenschicksale erfand und die an wahre historische und zudem sehr schlimme Ereignisse, wie die Hexenjagd, erinnert. Da das Verhängnisvolle Vergangenheit wurde, ist es nicht auslöschbar und daher hiermit von mir thematisiert worden. In der Geschichte geht es um zugefügten psychischen Stress, der ständig an der Lebenskraft und Energie des Gejagten zehrte. Tatsächlich hat Lebensstress Auswirkungen auf den Körper eines Menschen und lässt die Haare irgendwann ergrauen. Manchmal bekommen Menschen wegen ihres seelischen Innenlebens sogar buchstäblich über Nacht graue Haare. Das weist auf eine Situation hin, die den Betroffenen schockartig innerlich erstarren und ergrauen ließ, ein katastrophales Schockerlebnis, das auch Gregor in der Geschichte erlebte, und das ihn aus seiner gewohnten Lebensbahn gerissen hat.

Wegen der Schilderung der schlimmen Vergangenheit in diesem Land, ist diese Geschichte für die kleinsten Geschichtenliebhaber nicht geeignet. Sie richtet sich an alle Freunde historischer Geschichten. Aber auch die Märchenliebhaber kommen in diesem Buch zu ihrem Recht. Erwachsene könnten während des Lesens der Geschichten auf vergangene Erfahrungen zurückblicken und die Message eines Märchens als eine Erkenntnis verstehen, die vielleicht beim Lösen eines vergangenen Problems hilfreich gewesen wäre. Die Jüngeren lernen die tieferen Botschaften von Märchen gleich von der Pike auf. Das Märchenlesen sollten wir uns erhalten.

Sabine Grimm

Inhaltsverzeichnis

Vorwort	5
Menschenjagd	11
Der Drache bei der Rauschenburg	43
Der letzte Tanz	59
Der dritte Ritter und der verborgene Schatz	65
Bruder Joswig und die Damen	95
Märchen	99
Sagen	103
Danksagung	107
Nachwort	108
Inhaltsverzeichnis	111
Bilderverzeichnis	112
Quellenverzeichnis	115
Literatur	116

Bilderverzeichnis

Drachenschatz	3
Die Rauschenburger	4
Rauschenburg und Hofladen Tenkhoff	8
Rauschenburg	9
Hexenkessel westfälisches Vierländereck	10
Festungsanlage Horneburg	22
Horneburg	23
Burg Wilbringen	24
Rauschenburg Olfen	27
2 Tenkhoffs vor dem alten Fährhaus	41
Spaziergängerin an der Rauschenburg	42
Drachenschatz	45
Rauschenburg – Katharina und der Drache	52
Tanz in Flammen; Ostern Rauschenburg	58
Valentin und Charlotte	64
Die alte Buddenburg	88
Gartenlaube 1904	94
Hänsel und Gretel	98

Rauschenburg 1908   106
Rauschenburg – Die Windschaukel   114
Sabine Grimm   117

Coverbild: *Tanz in Flammen*

„In bunten Bildern

wenig Klarheit,
viel Irrtum

und ein Fünkchen

Wahrheit."

Goethe

Faust I

Die Windschaukel

Am rauschenden Fluss
schaukelt das Kind
im Rauschenburger Wind.

Quellenverzeichnis

Veröffentlichte Bilder mit freundlicher Genehmigung von:

Aloys Tenkhoff, Halle,
Burg und Ruine Rauschenburg, v. 1908;   S. 106

Die Gartenlaube 1904
Bild zur Geschichte von Bruder Joswig

Coverbild: Gemälde der Rauschenburg aus dem Familienschatz der Familie Tenkhoff.

Rauschenburg
Familie Tenkhoff, Hofladen,
Dattelner Straße 84, 59399 Olfen,
Tel: 0049 (0) 2363/31942

info@tenkhoff.de
www.tenkhoff.de

Literatur

Ritter, Bürger, Bauersmann; Heinrich Pleticha

„Auf Schatzsuche in der Raubritterburg" in dem Buch: Als ich noch ein kleiner Junge war und in die Baumschule ging; Buch und Aufsatz von Rolf Mengelmann

„Das Ende des Grafen von Rauschenburg"; Kollmann, Adelheid, Sagen aus dem alten Vest und dem Kreis Recklinghausen

Einführung in die Sagenforschung, 3. Aufl., UVK-Verl.-Ges., Konstanz; Leander Petzoldt

Das Antwortbuch der Geschichte, Elting/Folsom

Deutsches Wörterbuch, Jacob Grimm und Wilhelm Grimm

Sabine Grimm

www.sabine-grimm.de

www.readers-feeling.de

Kultur hilft,
Würde zu bewahren
und Wandel zu bewältigen.

„Wenn du intelligente Kinder willst,
lies ihnen Märchen vor.
Wenn du noch intelligentere Kinder willst,
lies ihnen noch mehr Märchen vor."

Albert Einstein

Bücher aus der Reihe „UNRUHIGE ZEITEN"

Band 1
Unruhige Zeiten:
Der lange Weg der Rittersleut',
in die moderne, neue Zeit

Band 2
Unruhige Zeiten:
Burg Wilbring - Heimat des Hexenwahns?

Band 3
Unruhige Zeiten:
Die Herren von Frydag zu Buddenburg

Band 4
Unruhige Zeiten:
Der Buddenburg-Mord

Band 5
Unruhige Zeiten:
Tragödie von Niering

Band 6
Unruhige Zeiten:
Die Buddenburger – Zeitzeugnisse

Band 7
Unruhige Zeiten:
Adelslinien – Die Herren von Frydag

Sabine Grimm

„**Impressionen – Schloss Buddenburg**",
reich bebildert, mit Sprüchen und Lebensweisheiten
ausgewählt von Sabine Grimm

„**Impressionen – Schloss Löringhof**",
reich bebildert, mit Sprüchen und Lebensweisheiten
ausgewählt von Sabine Grimm

„**Impressionen – Schloss Wilbringen**",
reich bebildert, mit Sprüchen und Lebensweisheiten
ausgewählt von Sabine Grimm

„**Geschichte & Impressionen – Burg Henrichenburg**",
reich bebildert mit Sprüchen und Lebensweisheiten
ausgewählt von Sabine Grimm

„**Sternschnuppen Schatz Sagen**"
Verborgene Schätze in Westfalen
Schatzsagen und geheimnisvolle Orte

Diese Bücher sind deutschlandweit über den Buchhandel zu
beziehen, teils auch in Canada und Amerika.

Neue Grimms Märchen 2014

Burggeschichten zum Vor- und Selbstlesen

Rittergeschichten zum Vor- und Selbstlesen

Poetische Burggeschichten zum Vor- und Selbstlesen

Dramatische Burggeschichten zum Vor- und Selbstlesen

Romantische Burggeschichten zum Vor- und Selbstlesen

Phantastische Burggeschichten zum Vor- und Selbstlesen

Reich bebildert in bunt und s/w.

Sabine Grimm

Mailto: look@grimmstory.de